LES BELLES AMBITIEUSES

Jeanneau

STÉPHANE HOFFMANN

LES BELLES AMBITIEUSES

roman

ALBIN MICHEL

À qui aime traîner au lit

… Dites-nous, marches gracieuses,
Les rois, les princes, les prélats,
Et les marquis à grand fracas,
Et les belles ambitieuses,
Dont vous avez compté les pas ;
[…]
Quel heureux monde en ces bosquets !
Que de grands seigneurs, de laquais,
Que de duchesses, de caillettes,
De talons rouges, de paillettes,
Que de soupirs et de caquets,
Que de plumets et de calottes,
De falbalas et de culottes,
Que de poudre sous ces berceaux,
Que de gens, sans compter les sots…

Alfred de Musset,
« Sur trois marches de marbre rose »

Première partie

ÊTRE AVEC DES GENS QU'ON AIME

Être avec des gens qu'on aime, cela suffit :
rêver, leur parler, ne leur parler point,
penser à eux, penser à des choses plus indifférentes,
mais auprès d'eux, tout est égal.

Jean de La Bruyère, *Caractères*

1

Je la rencontre dans les jardins de Trianon pendant une visite de la reine d'Angleterre. Je fais alors mon service militaire au 76e régiment d'infanterie. Comme Proust, soit dit en passant. Et je suis du détachement accompagnant le président de la République et Mme Pompidou à Orly pour y accueillir la reine et le duc d'Édimbourg.

Tous se la jouent Grand Vent de l'Histoire. Le Royaume-Uni va entrer dans l'Europe. On annonce un référendum pour l'année suivante. Je me donne des airs de m'en foutre et, de fait, je m'en fous. Je n'y crois pas. L'Histoire ne se joue pas à la coupée d'Orly, avec un Léon Zitrone imbattable sur les couleurs de manteaux, châtaigne pour la reine, abricot pour Mme Pompidou.

Elle est une des hôtesses engagées pour l'occasion. Elle sourit au Grand Trianon, où la reine a pris ses quartiers et où aurait lieu le fla-fla. J'ai vite repéré, entre femmes de ministres et d'ambassadeurs, cette jolie brune à peau mate au bout des regards du duc d'Édimbourg et du ministre français de l'Économie et des Finances. Ces fins chasseurs l'avaient remarquée.

Mais c'est moi qui, le soir venu, l'emmène faire un tour dans les jardins de Trianon.

Elle hésite pourtant un peu :

– Je ne sais pas si je peux quitter le péristyle. On peut avoir besoin de moi à tout instant.

– Quel est votre rôle ?

Elle a une moue un peu vague, et qui me fait rire. Mais déjà elle me suit à pas lents, sans plus d'hésitation ni avoir demandé la permission à personne, ni regardé derrière elle. Bien sûr, je ne doute pas de moi. Nous marchons dans une allée si bien ratissée que les graviers semblent collés au sol. Je bombe le torse. Cet air tiède de tilleuls en fleur et de miel. Nous allons tranquillement vers le Grand Canal sur lequel, pendant des années, j'ai fait de l'aviron. Nous nous taisons. Si le silence se prolonge, il deviendra gênant. Je ne peux tout de même pas lui parler d'aviron.

– Qu'avez-vous fait depuis ce matin ? lui dis-je enfin.

Son petit rire. Spontané, clair et discret. Un rire d'enfant qui ne veut pas qu'on lui demande ce qui l'amuse.

– J'ai attendu, dit-elle enfin.

La voix est gaie, encore rieuse. Elle soupire, presse le pas. Je m'inquiète. Est-ce que je marche trop vite ? Mes grandes jambes. Et ces bottes. Mais elle reprend :

– Il a fallu arriver tôt. Trop tôt. On nous a coiffées.

Puis habillées. C'est ma deuxième robe de la journée, explique-t-elle en tournant sur elle-même, dans un mouvement qui m'enchante. Je ne sais pas trop à quoi la première a servi. Vous aimez ?

C'est un fourreau de crêpe d'un rouge assez violent, avec un col Claudine en lamé argent.

– Cette couleur, c'est co-que-li-cot, m'explique-t-elle en détachant lentement les syllabes, comme si elle parlait à un demeuré. Joli, non ? Coquelicot, coquelicot, on dirait une chanson. C'est léger, c'est vif, c'est fragile, ajoute-t-elle. C'est violent, aussi ; et tenace. Comme moi. Dans cette robe, je me sens à la fois nue et protégée. C'est à la fois une peau et une armure, vous voyez ?

Elle éclate encore de rire devant mon air ahuri.

– Non, vous ne voyez pas. Les hommes comme vous ne voient rien aux femmes. Allons, je vous taquine. Bon, je reprends. Depuis ce matin, nous avons donc accueilli les invités. Nous les avons placés. Il a fallu garder le sourire en toutes circonstances. J'ai un peu mal à la mâchoire. Je pourrais vous raconter des choses pas jolies jolies sur certaines personnalités, mais nous dépendons de M. Senard, à qui nous avons promis le silence. J'aime beaucoup M. Senard. C'est le chef du protocole, vous savez, précise-t-elle comme si ça devait m'éblouir.

Je ris à mon tour. Cette fille me plaît.

– Oh ! gardez vos secrets, que voulez-vous que j'en fasse ? Croyez-vous que cela m'intéresse ?

Craignant de l'avoir froissée, je lui pose la main sur le bras. Elle ne frissonne pas.

– Pardon, je ne voulais pas dire ça. Ou, du moins, pas comme ça.

Elle continue à sourire mais, soudain, elle s'arrête net.

– Cette voix ! murmure-t-elle.

– Quoi, cette voix ? Pardon, j'ai parlé un peu vivement. Trop fort pour la majesté des lieux et la douceur du soir. Et…

Je cherche une galanterie que, bien sûr, je ne trouve pas. À mes côtés, elle fronce les sourcils, hoche la tête, s'arrête :

– Non, non, ça n'est pas cela. Oh ! je ne sais rien de vous, pas même votre nom, et je me suis déjà enfuie avec vous alors qu'on me cherche peut-être, là-bas. Et pourtant, j'ai déjà entendu votre voix aujourd'hui. Mais où ? Et quand ?

2

C'est possible. Toute la journée, j'ai été d'une humeur de dogue. Enragé, dans une année mauvaise pour moi, de devoir participer à cette momerie versaillaise.

Encore un coup de Marraine. Pour mon service militaire – sans que j'aie rien demandé –, elle me fait nommer par son amant dans une planque de la rue Saint-Dominique. Attaché au 76e RI, basé à Vincennes, détaché à l'hôtel de Brienne, je bois des cafés, joue aux cartes, regarde ma montre et raye chaque jour le calendrier.

L'amant de Marraine est alors un insignifiant ministre centriste. Autant dire un équilibriste. Oscillant du centre droit au centre gauche au gré du vent, de la chronique de Françoise Giroud, du dessin de Jean Effel ou des potins de Carmen Tessier, il compense la faiblesse de son assise par la souplesse de son échine.

Lorsque, un jour où je lui rends visite dans sa bonbonnière Second Empire de l'avenue d'Eylau, je répète à Marraine le peu d'estime qu'il m'inspire :

– Je sais bien, Amblard, soupire-t-elle. Je perds la main, peut-être, mais je ne trouve pas mieux, et il est si gentil. Regarde, ajoute-t-elle en ouvrant une petite boîte rouge où sont entrelacés trois anneaux d'or. Chaque dimanche, un cadeau. Rien ne l'y oblige. Après tout, il a une femme, des enfants.

Elle repose l'écrin, soupire, croise les bras, secoue la tête et, dans un petit rire un rien vulgaire, un rire de gouape :

– Ça me fait du bien, à mon âge, d'être traitée comme une poule. C'est excitant, tu sais. Enivrant, même. Et puis, c'est la moindre des choses. Il est riche, ça compte aussi. D'ailleurs non, il n'est pas riche : l'argent est à sa femme. Mais comme c'est une fortune mal acquise, autant la dépenser bien. Nous nous comprenons donc, lui et moi.

Elle me fait un clin d'œil un rien vulgaire ; se passe, en tremblant un peu, la main dans les cheveux. Un regard vers le miroir. Elle soupire et se laisse tomber tout court. La cinquantaine approche. L'heure des rigolades passées, Marraine panique un peu. Elle s'empâte. Il faudra qu'elle se recycle, mais comment ? Son ministre branle, elle le sait. Depuis quelques semaines, l'Excellence est nerveuse. La disgrâce du Premier ministre ne fait plus de doute : question de semaines. Le gouvernement va tomber. On annonce à Matignon Olivier Guichard, qui ne l'aime pas ; Guichard qui, présidant un jour une réunion où, tout balbutiant d'excuses, il arrive en retard, a juste grommelé : « Asseyez-vous, mon vieux, personne ne s'était aperçu de votre absence. »

Ce matin, alors que nous attendons la reine, le rondouillard m'avise dans le salon d'honneur d'Orly. Sourire d'extase. Un visage ami dans une assistance où il ne compte que traîtres et concurrents, quelle aubaine ! Bras grands ouverts, il trottine vers moi, me prend par l'épaule, m'attire dans un coin, je me dégage :

– Ne me touchez pas !

Il se redresse.

– Je voulais juste vous saluer, soldat Blamont-Chauvry. Ce qui, déjà, est aimable de ma part. Selon les usages, c'est à vous à me présenter vos respects.

Je ris. Calmement, sans cesser de sourire, je lui dis :

– Bah, vous êtes ministre aujourd'hui, le serez-vous demain ? Le cabinet Chaban-Delmas est menacé, vous le savez. Serez-vous du prochain ministère ? Je ne le parierais pas. Il est vrai que votre absence de mérite, qui vous rend docile à votre administration, est votre atout le plus sûr.

Voilà ce qu'a entendu Coquelicot – ne sachant pas son nom, je l'appelle par la couleur de sa robe, ce qui lui va très bien – dans un coin du salon d'honneur d'Orly. Pas très malin, mais ça m'a fait du bien. Au ministre aussi qui, le lendemain, dira tout émoustillé à Marraine :

– Amblard m'a beaucoup amusé hier. Un instant, ce chaton s'est cru tigre. Rafraîchissant.

Marraine se taisant, il ajoute, sur le mode sombre :

– Tout de même, il n'a pas tout à fait tort ! *(Un temps puis, se levant brusquement :)* Et dire que je n'ai pu rencontrer ni Pierre Juillet ni Marie-France Garaud ! s'écrie-t-il avant de se pencher vers Marraine, suppliant : Les avez-vous vus ? Que dit-on ?

3

> Rien n'était si magnifique que ces soirées de Trianon. Tous les parterres changeaient tous les jours de compartiments de fleurs, et j'ai vu le roi et toute la cour les quitter à force de tubéreuses, dont l'odeur embaumait l'air, mais était si forte par leur quantité que personne ne put tenir dans le jardin, quoique très vaste et en terrasse sur un bras du canal.
>
> Duc de Saint-Simon, *Mémoires,* 1702

Coquelicot s'arrête.

Du Jardin Haut, nous sommes passés au Parterre Bas, longeant le bassin du Fer à Cheval d'où l'on voit le bras nord du Grand Canal dont, depuis l'âge de onze ans jusqu'à ces dernières années encore, j'ai en cadence frappé les flots dans les équipes du Cercle nautique de Versailles. Sur le bassin, les amours de plomb de Girardon folâtrent sur un îlot jonché de coquillages ;

ailleurs, ils s'ébattent avec une écrevisse autour d'une touffe de roseaux.

Coquelicot s'arrête et, soudain, tout s'ordonne autour d'elle. Tout est neuf dans ces jardins que je connais depuis l'enfance, et qui partout invitent à l'amour parmi ces tilleuls aux parfums sucrés fuyant dans la perspective du Grand Quinconce. Les insectes tournoient dans la lumière poussiéreuse et dorée de juin. Les promeneurs, insoucieux de la présence de la reine, parlent doucement de leurs affaires. Tout cela pourtant tremble et s'estompe devant Coquelicot qui, seule, semble vraie. Elle s'est arrêtée et, en riant :

– Vous m'entraînez dans les jardins, je ne sais même pas qui vous êtes. Comment vous appelez-vous ? me demande-t-elle. Amblard Blamont-Chauvry ? C'est bien votre nom ? Le vrai ? Vous vous moquez de moi, c'est un pseudonyme, n'est-ce pas ? Savez-vous que Sacha Guitry avait un figurant nommé « Labite » et que c'était un pseudonyme ? *(Elle rit encore ; plus longtemps, ça deviendrait vexant.)* Mon Dieu ! vous avez un nom plus ridicule encore que le mien, que je ne vous dirai pas.

– Que je ne vous demande pas.

Elle hausse les épaules :

– Que voulez-vous faire, dans la France d'aujourd'hui, avec des noms pareils ? Autant porter des bois.

Coquelicot s'est assise au bord du bassin du Plat Fond. Je me sens bête, dois-je m'asseoir aussi ? Je reste debout, ganté, la main sur le pommeau de mon épée, avec cet air un peu niais du ténor prêt pour le grand air du IV. Mais c'est elle qui, sur un ton de badinage :

– Nous sommes dans une société où nous n'avons plus rien à faire, Amblard. Nous n'y avons plus notre place. Nous avons été utiles, puis nous avons été jolis : c'est fini. Les changements se font désormais sans nous, et toujours contre nous. Nous ne faisons plus que subir.

Elle dit cela avec un étrange sourire, sans aucune amertume, tout en plongeant doucement la main dans l'eau qui sent la vase. Les jets d'eau ont été arrêtés le temps du dîner de la reine. Et Coquelicot poursuit à voix basse :

– Tout est aujourd'hui une atteinte à ce que nous sommes, à ce que nous aimons. Notre mode est passée, comme notre manière de vivre. Nous devrions nous adapter, peut-être, mais nous adapter à quoi ? À ce que nous méprisons ? Pourquoi nous adapterions-nous à ce qui nous ennuie ? Pour le plaisir de nos vainqueurs ? *Fuck* nos vainqueurs !

Frisson de rage. Disant cela, Coquelicot est amère. Qui est-elle, pour dire ces choses ? D'où vient-elle ? Ai-je même envie de le savoir ? Une règle de protocole impose de ne jamais poser de questions à la reine d'Angleterre. Sage règle. Ne devrait-on pas l'étendre à tout le monde ?

– Regardez-nous, Amblard : nous survivons dans un

décor. Votre uniforme, ma robe : des déguisements. Nous devrions les rendre.

Elle se lève, me prend la main, la lâche :

– Pardon, je suis phraseuse. Ça me rend triste, tout ça, par moments, vous savez. Et à d'autres moments, je m'en fiche. *(Elle s'éloigne un peu du bassin, tourne sur elle-même pour faire bouffer la robe, éclate de rire, fronce les sourcils, hausse la voix.)* Mais enfin notre effacement, nos lâchetés, comment les supporter ? Je ne sais pas faire semblant. Bien sûr, à Versailles, nous sommes protégés : pour combien de temps ? Ils sont tellement nuls, tous ! *(Et elle étend vaguement les bras sans que je puisse distinguer qui sont les nullités, des puissants qui dînent au Grand Trianon, ou de tous les Versaillais. Puis, elle revient s'asseoir en amazone au bord du bassin.)* Nous avons été glorieux, nous ne le sommes plus. Et c'est entièrement notre faute. Nous surnageons encore un peu avant de couler sous les rires, les moqueries et les cris de haine. Ce que ne savent pas nos bourreaux, c'est qu'ils couleront avec nous. *(Se levant encore brusquement, elle tape du pied comme une petite fille en colère.)* Oh, et puis je n'ai pas envie de parler de tout ça, vous me faites dire des choses, venez, allons nous amuser !

Elle me prend la main et nous filons vers un bosquet.

4

Dire que nous nous sommes amusés tous les deux, c'est ne rien dire. Nous nous sommes amusés, oui, mais surtout nous nous sommes trouvés.

L'amour avec Coquelicot ne va bien sûr pas très loin, dans la charmille, derrière le Buffet d'eau. Nous nous effleurons. Juste mes lèvres contre sa peau, « ne me décoiffez pas, je vous prie, que dirait M. Senard ? », son souffle dans mon souffle, son cœur palpitant, mes mains qui frôlent, une lumière qui naît. Une porte qui s'ouvre ; façon de parler, hélas.

De cette frustration, naît en moi un élan que je ne veux plus jamais perdre. Une frénésie que je veux ne jamais voir finir. Une évidence que je cherchais et que je viens de trouver. Et la certitude, à vingt-cinq ans, que ma vie sera merveilleuse.

D'une certaine manière, je suis né le lundi 15 mai 1972 à Versailles. Comme Archimède dans son bain, Paul de Tarse à Damas, Jeanne d'Arc dans le jardin de son père, entendant sainte Catherine, sainte Marguerite et saint Michel, Isaac Newton dans son verger de Woolsthorpe, Bernadette Soubirous à Massabielle ou Paul Claudel derrière son pilier de Notre-Dame. J'ai trouvé auprès de Coquelicot ma place dans le monde, ce qui engagerait ma vie entière : ma place est auprès de Coquelicot, par elle, avec elle et en elle.

Elle s'enfuit si vite que, bien sûr, je ne demande pas quand ? Où ? On sait se tenir.

Elle se retourne et :

– Vendredi vingt heures, Auberge de la Forêt, Rambouillet. Avant, je ne peux pas, je suis avec la reine.

– Et avec M. Senard.

Elle a un petit rire.

– Et avec M. Senard.

Je ne pense qu'à elle pendant ces quelques jours. À la télévision, dans les journaux, je ne rate rien de la visite royale au Champ-de-Mars, aux Baux-de-Provence, à Longchamp, au cimetière Saint-Sever et jusque dans le port de Rouen où, pour rentrer à Londres, la reine embarque sur le *Britannia*. J'essaie partout de voir Coquelicot. Par des copains du régiment, des journalistes, des photographes, le ministre de Marraine, même, qui trouve vraiment curieuse cette brusque fièvre monarchiste, je tâche d'être envoyé en mission près de la reine Élisabeth. J'y mets une telle ardeur qu'on me consigne à l'hôtel de Brienne, d'où je me contente de suivre l'événement au transistor.

Du lundi au vendredi, je ne pense qu'à elle. Je ne sais ni son nom, ni son téléphone. Il me semble l'avoir déjà vue, pourtant, mais à qui puis-je en parler ?

Je retiens une chambre dans cette auberge pour adultères de la forêt de Rambouillet, où les poivriers géants se nomment des Rubirosa.

Elle m'y attend au bar en buvant un verre de lait.

5

J'ai vingt-cinq ans, alors, et je traîne toujours avec ma bande de Versailles : garçons hasardeux, filles déterminées.

Nous nous connaissons depuis l'enfance, et nos parents avant nous, depuis toujours. Nous avons fréquenté les mêmes écoles, églises, clubs de sport, ciré les parquets des rallyes Beauregard, La Rochebrochard, Crombez de Montmort ou Failley-Pontfilly. Nous avons eu dix, vingt, vingt-cinq ans ensemble. La vie nous plaît, elle est facile. Sans être jamais responsables de rien, nous faisons encore ce que nous voulons. Parfois, nous entendons soupirer nos parents, et ça nous fait rire. Nous sommes heureux. Nous ne le savons pas.

Nous soupçonnons pourtant que cet âge d'or se ternira dès que nous prendrons femme, abbaye, emploi, gouvernement. Ça nous barbe. Nous sommes bien comme ça. Non partants pour la vie qui nous attend. Qui nous guette.

Une vie de crétins de salon, de chevaux de manège :

de bourgeois français mous de la fin du vingtième siècle. Vie facile et monotone, mais difficile parce que monotone. Nous reprendrons, sans rien inventer, ce que nos parents ont fait avant nous. Maintenir sera notre seule espérance.

En attendant de maintenir, nous savons nous tenir. Droits, légers, plats. Notre éducation a limé nos aspérités. Nous obéirons car nous n'avons aucune personnalité. Nous savons cacher nos craintes et nos chagrins. Nous ne nous étalons pas. Nous nous tenons parce que nous nous retenons. Selon les goûts de l'époque et de notre milieu, nous sommes intelligents, élégants et beaux. Nous n'avons pas de ces disgracieux furoncles qui font interdire l'accès aux cercles brillants, mais de discrètes tumeurs qui nous étoufferont avec classe. Nous n'avons rien choisi pour ne renoncer à rien : le sacrifice n'est pas notre genre. Notre vie sera ennuyeuse et très gaie.

Dorlotés et capricieux, nous sommes l'élite d'un pays que nous fantasmons, faute de le connaître bien. Nous naviguons entre Versailles, Cheval Blanc et la pointe de Penchâteau.

La France, pour nous, c'est ça : nos *spots.* Nos clubs si fermés. Les endroits où nous retrouvons les nôtres. *The places to be.* Notre univers est limité. Nous avons perdu le goût de l'aventure. Collés par un même art de vivre où nous répétons ce qu'on nous a appris, ce qui vit sans nous n'existe pas. Nous en avons bien entendu parler, mais ce qui sort de notre monde nous semble tellement *mauvais genre.* Nous ne connaissons le peuple que par les chansons de Maurice Chevalier et les émissions de Guy Lux. Tout cela nous paraît si *exotique.*

Notre monde aussi nous assomme. Nous en connaissons les règles pour pouvoir les respecter et nous en moquer, mais nous ne le conseillerions à personne.

Nous sommes comme ce personnage joué par Louis Jourdan dans un film de Minnelli, et qui court de fête en fête en soupirant : *« It's a bore ! »*

Nous sommes même odieux et lâches, je m'en rends compte aujourd'hui. Des branleurs. À la fois distingués et grossiers. Notre comportement n'est jamais en accord avec nos sentiments. Nous n'y arrivons pas. Nous sommes des gommeux de province à qui les filles sont trop douces.

Il faut, sinon nous excuser, au moins nous comprendre. Depuis notre enfance, nous passons notre temps entre garçons. Avec eux en classe, au catéchisme, chez les scouts, au gymnase, à la chasse, au dortoir, sous les douches. Promiscuité totale. Heureux d'être entre mecs, nous aiguisons nos défauts, rêvant de vite ressembler à nos pères et à nos oncles.

Peu à peu, tout de même, l'air nous manque. Nous savons qu'il y a un autre monde, autrement plus excitant, doux et dangereux que celui où nous languissons : le monde des filles.

Les filles ! Elles ne nous arrivent encore, dans notre

adolescence, que par les chansons, les films et les romans. Ou par cet alcool coupé de beaucoup d'eau que sont nos sœurs et nos cousines. Mais bientôt, nous aurons l'ivresse de nous rendre dans le monde des filles.

Et de nous rendre.

Elles sont adorables, ces filles de nos débuts. Bien plus libres, délurées, affranchies que nous. Plus gentilles aussi, et généreuses. Chacune dans son genre. Elles sont naturelles, nous sommes des poseurs, simplement heureux de les embrasser.

Notre grossièreté se mesure à la manière dont nous les traitons. Nous les sautons, aussi ; du moins c'est ce que nous nous disons entre nous, en roulant des épaules, comme de vieux cow-boys. Nous jouons les vieux cow-boys pour nous défendre de l'émerveillement où elles nous jettent. Nous en parlons comme de nos voitures, de nos souliers ou de nos chevaux. Elles ne comptent pas plus que ça. Nous ne les aimons pas. L'amour nous semble lui aussi mauvais genre parce que nous sommes incapables d'y goûter. Nous le rejetons parce que nous le redoutons. Notre morgue n'est qu'un autre nom de notre timidité.

Pour notre défense, il y a ceci : la menace du mariage. Lorsque nous rêvions des filles de nos débuts, nous redoutions les existences où elles nous menaient, les familles où elles nous feraient entrer.

Se marier, c'est devenir un mari. C'est aussi devenir

un gendre, un beau-frère, un cousin par alliance. C'est se donner des obligations pour des gens dont, le plus souvent, nous n'avons rien à faire. Les conversations que j'ai dû supporter d'un raseur pour la seule raison que je baisais sa fille !

Si on n'y prend pas garde, on se retrouve marié quand on prend juste plaisir à être ensemble. Mal assorti, le mariage est un crime parfait : deux morts. Le criminel – la société – n'est jamais puni ; il arrive même que ce double meurtre lui profite. Un jour, un de mes cousins demande à sa mère si elle pense qu'il réussira dans la vie.

– Je te le dirai quand tu m'auras présenté ta femme, répond-elle.

Pris de panique, il exhibe une fille avec qui il aime bien jouer au tennis. Elle est adoubée, ils sont malheureux.

Aujourd'hui, c'est moi qu'on met en joue.

6

Pour ma fortune et mon malheur, j'ai eu l'intelligence à la mode de ces années-là. Une agilité permettant de se glisser au-dessus des autres et d'y rester.

À vingt-cinq ans, je suis énarque et je suis polytechnicien. Ce qui ne m'empêche pas d'être un con. Ma mère est aux anges. Marraine, n'en parlons pas, pas encore. Plus réservé, d'un X 47 à un X 71, mon père me signifie juste que j'ai fait des études convenables : pour lui, la moindre des choses. Il a plus de considération pour mes exploits de rameur. Membre du Cercle nautique depuis mes onze ans, je me suis fait les mains et la taille sur le Grand Canal. Mains de bûcheron, taille de ballerine. Je suis fort et je suis vif.

Je ne suis pas intéressant : seulement le produit de ce qu'on m'a enseigné depuis ma naissance. J'ai les préjugés de ma caste. J'ai l'intelligence, il me manque le talent et je n'ai pas envie de travailler.

La vie s'annonce pourtant pour moi aussi douce et tracée qu'une promenade dans les jardins du château.

Le temps est au triomphe des techniciens. On pense qu'il suffit de définir les problèmes pour les régler. Nous les définissons puisque nous sommes intelligents. Donc, nous les réglons, au moins sur le papier. Ainsi, grâce à nous, ils n'existent plus. Ou à peine : juste pour nous mettre en valeur nous, le fin du fin. Nous resplendissons sur la passerelle, laissant aux soutiers crasseux l'exécution de nos manœuvres.

Tel est mon état d'esprit à ce moment de ma vie. Celui d'un Versaillais ne doutant pas d'être dans le bon club.

Le club, c'est l'endroit protégé. L'entre-soi. La tiédeur. La douceur. Coquelicot. Je n'ai pas envie d'en ouvrir la porte ni les fenêtres. Je veux rester au lit avec cette femme qui me plaît, et dont je ne sais rien.

Le monde alors m'ennuie à un point tel que, si je n'avais pas aimé les plaisirs cultivés avec l'aimable Coquelicot, j'aurais rejoint quelque abbaye.

Mais ce qu'on trouve dans une abbaye, ne l'a-t-on pas aussi au Cercle nautique de Versailles ?

Dans un club sportif, comme au monastère, on a le retrait du monde vulgaire, l'austérité, la règle, l'appel de l'infini.

Le sport, c'est le monastère + la victoire ici-bas + les filles qui embrassent le vainqueur.

C'est pourquoi j'ai fait du sport toute ma jeunesse.

7

Après avoir reçu l'amour de Coquelicot, je ronronne au fond du lit. Je m'endors, je me réveille : elle est là et je m'endors encore. À mes côtés, son corps délicieux, ce parfum de savon frais mais, surtout, ses vertus : tout ce qui existe en elle, et pour les autres, lorsque je ne suis pas là.

Jamais je ne serai plus heureux et léger que dans les draps froissés du lit de Coquelicot. Auprès d'elle, je ne veux plus rien.

Je ne sais rien d'elle qui me la rende objectivement aimable. Pas même son nom. C'est instinctif. Peau contre peau, c'est elle. Il n'y a rien à discuter, rien à expliquer : c'est comme ça, nous sommes bien ensemble. Jamais je n'ai été aussi bien, jamais je ne serai aussi bien. J'aurai connu le meilleur de la vie, à rire comme un damné entre les bras de Coquelicot.

De quoi avons-nous peur pour rester ainsi collés l'un à l'autre ? De rien, je crois.

Coquelicot a tout ce qui me manque. Je ricane, elle

rit. Je suis fatigué, elle a des projets. Elle a faim, je suis repu. Elle a soif, je suis dégrisé. Elle veut une place au soleil, je ne cherche plus qu'un hamac à l'ombre des arbres de nos parcs.

Coquelicot me fatigue et me délasse. Elle me donne une énergie que je ne veux épuiser qu'auprès d'elle. Elle est de ces filles qu'on ne présente pas à sa famille de peur de se la faire voler par son père. Je n'ai d'ailleurs envie de la montrer à personne. Dans nos familles, une fille qu'on présente ne s'appartient plus. Elle était Véronique ou Clémence, Béatrice ou Coquelicot ; elle devient la femme de Gilles ou la mère de Jéromine. Mieux vaut être prudent : comme je l'ai dit, je suis à un âge où le mariage menace.

Mais ne pensons pas à cela. Cette fille qui m'embrasse, c'est Coquelicot. Je n'ai pas tellement envie d'en parler ni de la donner à aimer. Comment, d'ailleurs ? Je ne vais tout de même pas détailler, que sais-je ? ses lèvres purpurines, son œil de braise, ses jambes galbées arpentant la terre comme des compas, ses cuisses fuselées, ses seins lourds, fermes et ronds, son sexe cyclopéen, son nez frémissant, ses oreilles ourlées (variante : comme des coquillages). Pourquoi pas ses petits petons, ses petits tétons, son petit menton ?

Je trace ces mots ridicules sur ma feuille de papier, j'essaie d'en trouver d'autres : il y en a, ils sont tout aussi justes, ils sonnent tous aussi faux. Et c'est une feuille de boucher qui me saute dans la main : je découpe, je détaille, je dépèce, sans rien faire jaillir de vivant. Sous le beau visage de Coquelicot, une tête de mort, sous sa jolie peau que je lèche, sa chair que j'étreins, rien d'autre qu'un squelette. Ce qui compte, c'est ce qui anime l'ensemble, la belle personnalité grave, douce, rieuse et tendre de Coquelicot qui se penche sur moi et me dit :

– Je dois partir, Amblard. Je veux te revoir samedi prochain, ici même, à quinze heures, au bar. Tu me reconnaîtras à ceci : j'aurai un verre de lait à la main.

– Et moi à ceci : j'aurai l'air idiot.

Deux jours plus tard, je flemmarde en terrasse avec mes amis, sous des parasols multicolores, rue Foch. Nous buvons des Pschitt, des Dr. Pepper, des Orange Crush, des Squirt. Des filles que nous ne connaissons pas vont à bicyclette. Au tennis, à la piscine, au manège. Des sportives. Des fatigantes.

– Tiens, pas mal, celle-ci ! dit Thierry d'Audignon.

– Beurk, une blonde ! je réponds.

– C'est très bien, les blondes, ça fait moins de bruit, c'est connu.

– Je suis comme Amblard, fait Maxime Pouquet, je me méfie des blondes. Elles sont sournoises. Discrètes, mais sournoises. Moi, j'aime bien savoir ce que je fais. Qu'il y ait du répondant.

Et nous rigolons, lourdauds que nous sommes.

Branleurs seulement distraits par un autre groupe de filles sortant de Notre-Dame-de-Grandchamp.

Nous commentons les filles, et pourquoi pas ? Nous les apprécions, voilà tout. Les amateurs ne discutent-ils pas à chaque instant de leur passion ? Cette jolie fille qui passe est charmante, regarde : quelle belle culotte de soie ! Je suis sûr que cette jolie fille a dans la tête un millier d'idées qui me sont absolument étrangères ; son essence lui est particulière et j'aimerais la connaître.

Hélas, tout ce que les jeunes gens se disent entre eux se ressemble. Depuis Fantasio et bien avant lui. Musset a raison : les idées que mes amis et moi échangeons sont presque toujours les mêmes dans toutes nos conversations. Lorsque, des terrasses de La Civette du Parc, du Thé Douillet ou de La Boule d'Or, nous avons la gorge asséchée de voir défiler des filles qui nous attirent, nous en parlons, faute de mieux. Ainsi avons-nous l'illusion qu'elles passent moins vite. Qu'elles restent un peu avec nous ; nous réchauffant, nous consolant, nous apaisant.

Mais aujourd'hui, pour moi, le cœur n'y est pas : chaque fille qui passe n'est pas Coquelicot. Cela me serre le cœur et me ramène à elle. Où est-elle ? Que fait-elle ? Pourquoi attendre samedi pour la revoir ? Pourquoi pas ce soir ? Je suis libre, moi, ce soir, pourquoi pas elle ? Tout cela me rend silencieux, c'est-à-dire reposant, un peu triste et distrait.

D'abord je ne vois pas qu'une fille s'arrête sous nos parasols, nous regarde et sourit. C'est Isabelle Surgères, la fille du docteur Surgères. Toutes les filles de ce temps s'appellent Isabelle. Ou Sylvie. Elle connaît Thierry d'Audignon, il l'invite, elle saute de bicyclette. Un mini-vélo à haut guidon, petites roues, pneus blancs. Elle allait au tennis avec une amie, ça ne lui disait trop rien, « il y a du vent », fait un signe à l'amie qui continue de rouler – et cette amie qui ne nous voit pas et qui s'en fout et qui s'en va, c'est Coquelicot, je jure que c'est Coquelicot, m'a-t-elle vu ? –, pose sa raquette sur la table voisine et demande un Coca, euh… non un Schweppes.

– Hum ! *Le drink des gens raffinés* ! » dis-je en gloussant.

C'est le slogan dudit breuvage, vu dans un programme du théâtre Montansier, quand on se tapait les spectacles de la mère Tassencourt.

Comme tout le monde rit, la fille croit que je me moque d'elle. Elle tourne la tête vers moi. Pas mal, la tête. Mais ces yeux froids. Elle ramène une mèche derrière l'oreille. Elle est brune, avec des cheveux très noirs, comme une Indienne ; comme l'idée que je me fais d'une Indienne. Je l'ai déjà vue quelque part mais, à Versailles, on s'est tous déjà vus quelque part. Le vent – n'exagérons rien, la brise – lui soulève les cheveux. Elle a une robe de tennis comme celles de Françoise Dürr, croisée sur le buste, laissant les cuisses nues. Une robe inoffensive sur un court, affolante sur cette terrasse. Elle, pas troublée une seconde. Ses cuisses sont brunes, aussi, peau mate avec un léger, très fin et clairsemé duvet blond, comme sur le crâne des bébés vautours. Était-ce bien Coquelicot, sur l'autre vélo ? Il faut une volonté de fer pour regarder ailleurs que vers ces cuisses.

– Ne vous gênez pas ! s'écrie-t-elle. Vous voulez toucher, aussi ?

Elle se retourne vers d'Audignon :

– Il sort de prison, ton copain, ou quoi ? Il est là, à loucher sur mes cuisses !

– S'il regarde, répond calmement d'Audignon, c'est qu'il a bon goût. S'il louche, c'est qu'il a de mauvais yeux. Tu devrais consulter un spécialiste, mon petit Amblard.

La fille sourit pour la première fois depuis son arrivée :

– Ah ! vous êtes Amblard Blamont-Chauvry !

Elle me toise des cheveux aux souliers et retour, a une moue de maquignon – réservée, la moue – puis, assez aimable :

– La comtesse de Florensac m'a parlé de vous. C'est votre marraine, je crois. Enfin, c'est ce qu'elle m'a dit. Elle veut que nous fassions connaissance. *(Nouveau regard de maquignon.)* Je me demande bien pourquoi. Je crois que nous dînons ensemble chez elle jeudi.

8

C'est qu'il y a des comtesses dans mon histoire. Au moins deux. La mère de Thierry d'Audignon, d'une part ; et puis Marraine, comtesse de Florensac. Une des meilleures amies de ma mère. Une amie d'enfance, les plus tenaces.

Elles se rencontrent à huit ans chez les chanoinesses de Notre-Dame-des-Oiseaux et ne se quittent plus. Deux âmes tendres perdues dans un monde d'ordre et de règles, d'interdictions et de privations ; d'amour aussi, peut-être, mais si caché et si secret, si « comme il faut » qu'il ne leur est pas perceptible.

Les deux petites filles, ensemble, font face aux chanoinesses. Dociles, mais n'en pensant pas moins. Appliquées et rêveuses. Yeux baissés, faisant la révérence tout en songeant à autre chose.

Elles n'ont pas changé. Elles ont, dans leur enfance, trop obéi pour pouvoir jamais respecter l'arbitraire des lois, règlements et forces sociales. Elles ont grandi en veillant à ne plus jamais avoir à s'incliner devant qui que ce soit.

Deux lionnes.

Ma mère, régnant aimablement sur mon père et sur moi, reine de son monde, anarchiste partout ailleurs, refusant tout ce qui n'entre pas dans le cadre étroit, mais fervent, de ses passions et tocades successives.

Marraine, refusant d'être une de ces salonnardes *old fashioned* comme Edmée de La Rochefoucauld, Marthe de Fels ou Marie-Laure de Noailles, n'en est pas moins une femme du monde. Une activiste. Une dure à cuire. Pour moi, une damnée de la terre : toujours à l'affût d'une photo dans *Jours de France*, d'une mention par Edgar Schneider sur RTL, d'un mot rapporté par Carmen Tessier dans *France-Soir* ou Philippe Bouvard dans *Le Figaro.*

Entre une première au théâtre Marigny, un gala de charité et un passage en coup de vent chez Alexandre de Paris, Marraine ne décroche jamais. Très répandue, elle prétend exercer une influence sur les affaires de la France ; lesquelles iraient à l'entendre plus mal encore si elle ne prenait pas la peine de s'en occuper. Elle a un poids sur les partis de centre droit et centre gauche et dispose, dit-on, de deux, peut-être trois voix à l'Académie française.

Avec moi, très camarade et très gentille, voulant me pousser dans le monde, malheureusement. Et même au mariage.

Marraine travaille à l'ancienne, c'est-à-dire qu'elle couche, qu'on le lui pardonne. Elle a ceci en commun avec les journalistes politiques : elle aime les ministres. Attention ! Les ministres en exercice. Qui sort du gouvernement sort aussitôt de son lit : Marraine a un rang à tenir.

Maîtresse de cette andouille centriste que j'avais vaguement engueulée le soir de la visite de la reine d'Angleterre à Trianon, elle reçoit tous les jeudis dans sa bonbonnière Napoléon III de l'avenue d'Eylau.

– Mon filleul, Amblard Blamont-Chauvry, dit-elle sur le ton d'un sommelier présentant un gevrey-chambertin 1948. X, ÉNA, il fait actuellement son service militaire au 76e régiment d'infanterie. Ensuite, il entrera au cabinet du ministre. Si les femmes ne le perdent pas, hu ! hu ! hu !

Ayant parlé, Marraine nous quitte, Isabelle Surgères et moi, pour ululer ailleurs, dans cette robe de moire presque noire dont les reflets lui font des hanches d'otarie.

Il y a toujours beaucoup de monde à ses jeudis. La garde descendante : des antiques qui ont été puissants ou ont rêvé de l'être. Des gens très démodés. Clopin-clopant ils vont, viennent, poussent, se font pousser, s'exclament, se léchottent, froncent du nez, minaudent, on se demande pourquoi. Dans leur société il faut, pour pouvoir le raconter ensuite aux moins vernis, avoir été vu le jeudi chez Marraine, qui vogue de groupe en groupe, parlant à chacun, n'écoutant personne, remarquant tout, ne répétant rien, avec l'air d'un érudit classant ses fiches.

Je m'assieds à califourchon sur une chaise, face au canapé où Isabelle Surgères serre ses genoux cachés par un kilt. Un kilt ! Comme elle est moche aujourd'hui ! Déguisée. On sent qu'elle se force. Cheveux au carré, serre-tête de velours, talons plats, veste cintrée, et ce kilt ! Une parfaite fille de Passy sortant de chez Franck & Fils. Assise au bord du canapé, elle serre aussi dents et genoux et regarde droit devant elle en buvant de l'eau. Isabelle Surgères est tendue, pourquoi ?

J'attaque :

– Je ne sais pas du tout qui vous êtes, mademoiselle. Marraine parle vite et articule mal. Problème de dentier, je suppose. Nous nous sommes vus l'autre jour à La Boule d'Or à Versailles. Vous connaissez Thierry d'Audignon. Je sais seulement que vous jouez mal au tennis et que Marraine veut que nous soyons amis. Alors, soyons amis. J'obéis toujours à Marraine.

Elle me regarde droit dans les yeux.

– Personne ne peut être ami avec moi, répond-elle sans sourire. On est soit mon allié, soit mon adversaire.

– Oh, je vois. Une conquérante.

– Et pourquoi pas ? D'ailleurs, qu'est-ce qui vous fait dire que je joue mal au tennis ?

– Mal, peut-être pas. Mou, certainement : les cordes

de votre raquette n'étaient pas assez tendues, l'autre jour. Vous, en revanche, vous l'êtes.

Ça ne la fait pas rire. Elle fronce les sourcils.

– C'était donc ça…, fait-elle simplement. *(Puis, gravement :)* Pourtant, je ne suis pas mauvaise, vous savez. Je joue à l'instinct. Vous m'apprendrez ?

– Désolé, non, je ne suis pas un adepte du sport en cage. Moi, c'est l'aviron. Sur le Grand Canal. Au CNV.

– Pardon ?

– Au Cercle nautique de Versailles.

Je baisse les yeux et j'ajoute :

– Je suis versaillais.

Sans que rien, dans mon ton, puisse indiquer si, selon moi, c'est un titre de gloire, une explication ou une excuse.

Isabelle Surgères ne répond pas et regarde ailleurs, dans le vague, en serrant trop fort son verre d'eau.

– C'est très bien l'aviron, vous savez. Ça développe la volonté, le goût de l'effort, la détermination, l'esprit d'équipe, de fidélité, d'honnêteté, d'équité, tout ça, tout ça… J'ai commencé tout petit. Maintenant, je suis senior. On vieillit vite dans le sport.

– Oui, je sais, soupire-t-elle, j'ai déjà assisté à des régates. Très ennuyeux, non ?

Pas plus que votre conversation, ai-je envie de répondre. Mais je ne dis rien, et elle se tait. Elle se demande ce qu'elle fait là, et qui pourrait bien lui être utile dans cette assemblée défraîchie, dont je suis le plus jeune ornement, si je puis dire. Le seul en tout cas à qui, ne connaissant personne, elle puisse parler. C'est pour moi que Marraine l'a invitée. Qu'a-t-elle bien pu lui prétexter ? Elle aurait dû me le dire !

Isabelle Surgères est furieuse. Je ne lui plais pas. C'est réciproque. Antipathie immédiate, plus violente encore que l'autre jour, à la terrasse de La Boule d'Or. Elle me jette de temps en temps un regard, comme pour se demander quand elle se réveillera de ce cauchemar.

Je soutiens son regard. J'éclate de rire. Les jeudis de Marraine m'assomment d'habitude, mais aujourd'hui tout m'amuse. Dans deux jours, je serai dans les bras de Coquelicot. Était-ce bien elle, l'autre jour, à bicyclette ? Isabelle Surgères la connaît-elle ? Joue-t-elle au tennis ? Et si elle ne venait pas samedi ?

Pour disperser l'angoisse qui, d'un coup, m'étreint, je quitte sans un mot la compagnie ennuyeuse d'Isabelle Surgères pour me mêler au défilé des spectres jacassant dans les salons de Marraine, sous les toits de l'avenue d'Eylau.

Bien entendu, je me cogne à qui je veux éviter : le ministre, caché par un palmier, et qui pérore dans un cercle de dames :

– Chaban a été brillant hier à la Chambre ! s'exclame-t-il en se frottant les mains. Le président ne peut faire autrement que de le garder.

– Trois cent soixante-huit voix contre quatre-vingt-seize, oui, c'est imparable, répond le président du

Conseil général des Yvelines, par ailleurs député de Versailles-Chevreuse et frère aîné du président du Conseil constitutionnel. Mieux que le référendum du mois dernier. Cette abstention, vraiment : un déni pour Pompidou. Son Premier ministre est autrement flamboyant.

Les joues du ministre tremblotent.

– C'est bien ce qui m'inquiète, reprend-il. Il lui fait de l'ombre. À propos, mon cher président…, poursuit-il en s'inclinant après un regard circulaire – veuillez nous excuser, mesdames – et, prenant son interlocuteur par l'épaule pour l'éloigner du palmier où ces dames brûlent de changer de conversation : … à propos, je voulais vous parler d'un petit souci que j'ai avec l'association parlementaire France-Afrique. Figurez-vous que…

Le ministre et le cher président s'écoulent, bras dessus bras dessous, vers le salon de musique où leurs voix se perdent.

Quittant un groupe où il est question d'une jeune fille retrouvée morte dans un terrain vague, là-bas, dans les Mines (« Ces gens ont des mœurs très rudes, dit quelqu'un, on est toujours chez Zola. Guy Lux n'y changera rien »), je me promène dans les salons comme si j'étais au Muséum d'histoire naturelle dans la galerie de l'Évolution.

Vers la baie vitrée, la générale de Boisrobert, en toque de velours et casaque parme, la petite Mme Dumain, en charlotte et tailleur de jersey pisse d'âne, et la poétesse Suzanne Gur – surnommée par Marraine « lascive, chien fidèle », tout en dentelles – procèdent à un vaste tour d'horizon de leurs problèmes en cours, à savoir ce qu'il faut penser du récent voyage de la reine d'Angleterre en France.

Mon cœur palpite un peu : entendre parler de la reine, n'est-ce pas me rapprocher de Coquelicot ?

– Sa Majesté, très bien ! s'écrie la générale. À part peut-être les chapeaux. Mais ses robes et ses tailleurs : pas une faute de goût. Elle a un nouveau couturier, si, si. J'ai noté son nom, sait-on jamais ? Un nouvel exil à Londres est si vite arrivé, avec les communistes qui vont arriver au pouvoir en France l'an prochain ! *(La générale lève les yeux au ciel et s'évente avec son carton d'invitation.)* Comment ? s'écrie-t-elle, mais c'est tout vu, ma pauvre amie ! Nous allons être tondues. Une fois de plus, ha ! ha ! ha ! Mais non voyons, je blague ! Allons bon, qu'ai-je fait de mon papier ? *(Elle fouille dans son sac en le mettant sous les yeux de ses amies, pour bien leur montrer qu'il est neuf et sort de la rue du Faubourg-Saint-Honoré.)* Le voici : le nouveau couturier de la reine s'appelle *(elle claironne un peu)* Hardy Amies. Ah ! non, très bien. Sur les dix robes et tailleurs que nous lui avons vus, rien à redire. Rien. La reine d'Angleterre est vraiment la femme la mieux habillée de Paris. Après vous, ma chère amie, ajoute-t-elle à l'intention de

Marraine qui, n'ayant rien écouté, ne trouve à répondre que :

– Hu ! hu ! hu !

– Oh ! Vous êtes cruelle, Gisèle ! glousse la petite Mme Dumain. Mme Pompidou était très bien aussi. Cette robe de Dior à Versailles, ma-gni-fi-que. Mais dites-moi, Gisou, on ne vous a pas vus à Versailles, le général et vous. C'est vrai qu'il y avait un de ces mondes. Trop, peut-être.

– À vous, je peux bien le dire, Sophie, répond la générale de Boisrobert après quelques suffocations faisant penser à une 2CV au démarrage. Je peux le dire car je sais que vous ne le répéterez pas. Figurez-vous que nous n'étions pas invités.

– Non ?

– Comme je vous le dis, Sophie !

Elle pose sa main droite sur son cœur, comme Callas après l'air de *Vissi d'arte*, et secoue une tête accablée.

– Impensable ! gémit la petite Mme Dumain en se tordant les mains, mais on voit bien qu'elle en est ravie.

– Il a fallu que le général téléphone à l'Élysée, lui, un parachutiste. Mais on ne l'a pas pris en ligne. Il a dû se déplacer. Se déplacer, comme je vous le dis. J'étais au bord du gaz. J'avais commandé ma robe chez Givenchy, pris rendez-vous chez Alexandre. Quelle humiliation ! Résultat, nous avons fait partie des invités de dernière minute. Les supplémentaires. Les oubliés. La dernière charrette. Nous sommes arrivés après le ballet. Je me demande, conclut-elle en tapant du pied, si je ne vais pas voter socialiste la prochaine fois. Et tant pis pour les chars soviétiques place de la Concorde !

Cependant, le ministre et le président Palewski, toujours collés et riant aux éclats, reviennent du salon de musique. Palewski, cette mine mélancolique des anciens héros. Regrettant les maquis, la mitraille et cette odeur de poudre qui fait se redresser les hommes et hennir les dames, il essaie de se consoler d'être revenu à la vie civile en écrivant, sur les grands hommes du passé, des livres que personne ne lit.

Se détachant du ministre, il rejoint le quatuor des commentatrices du voyage royal, qui daube sur le pardessus beige du duc d'Édimbourg, qu'on lui a vu porter toute la semaine, à chaque occasion, même au Champ-de-Mars lors de la soirée du Cadre noir, aux côtés du président Pompidou en manteau noir. Quelle désinvolture ! S'il avait oublié ses pardessus, que ne lui en a-t-on envoyé de Londres ? D'autant, ajoute la poétesse Solange Gur, d'autant que sa queue dépassait !

– Sa quoi ? glapit la générale de Boisrobert.

– Sa queue. La queue du duc. La queue du duc dépassait. Parfaitement.

– La queue du duc dépassait ? reprend la générale en réprimant le rire averti de qui, après une longue vie de garnisons coloniales, pourrait en raconter bien d'autres. La queue du duc ? Êtes-vous devenue folle, Solange ? Ou bègue ?

Stupeur. Les dames et le président Palewski font un pas en arrière, ce qui élargit le cercle, puis se rapprochent en pointant le nez et en courbant le dos, comme dans certaines mêlées décisives lors d'un match de rugby. L'heure est grave et Solange Gur à voix basse :

– La queue de son habit, Gisou. Enfin, ce qui pendouille par-derrière (« Hu ! hu ! hu ! », fait Marraine), comment dit-on ? Les basques, peut-être. Les basques, voilà. Les basques de l'habit du duc dépassaient de son pardessus beige. Ce qui ne fait pas honneur à la France. On a levé des armées pour moins que ça, croyez-moi, conclut-elle étourdiment.

Le président Palewski, qui est du genre conciliant, prend alors l'initiative de rire de bon cœur à cette pique guerrière, ce qui entraîne les dames à s'esclaffer avec lui. Puis, il fait remarquer que l'Élysée n'a pas été en reste de gaffe, qui a hissé l'*Union Jack* au lieu du drapeau aux couleurs de la reine. Sans compter Pompidou, qui lui prend le bras pour lui faire monter les marches du perron.

– Pire ! reprend la générale. À Longchamp, aux courses, cette ridicule comtesse Batthyány, n'êtes-vous pas au courant ? Sa pouliche gagne la coupe de la Reine, et voilà que la Hongroise se précipite pour lui baiser la main. À la reine, pas à la pouliche. Non mais ha ! la reine n'est pas un cardinal.

– Ma chère, explique Palewski d'un ton un peu sec,

vous devez savoir que cela se fait depuis des siècles dans toutes les cours d'Europe centrale.

Le bon gros ministre de Marraine semble respirer mieux. Au début du raout, il n'en menait pas large. On le sentait en pleine tempête, un peu gris, tanguant de groupe en groupe dans les salons de sa maîtresse.

Mais, au salon de musique, le président Palewski lui a promis de toucher deux mots de son cas directement au président Pompidou, moyennant quoi Marraine en toucherait trois à Genevoix ou Gaxotte pour que l'Académie lui décerne enfin le prix Gobert. Rassuré sur son avenir gouvernemental, voici le ministre de retour. À Palewski disant :

– Le Premier ministre était là, bien sûr. Quand on l'interrogeait sur les rumeurs de remaniement, il répondait : « Pour l'instant je suis, comme d'Artagnan, au service de la reine. »

– Est-il drôle ! renchérit le ministre. Et hier, à l'Assemblée, il répondait : « Pour l'instant, je suis, comme Richelieu, au service de l'État. »

– Et toi, me dit Marraine en m'éloignant de ce groupe de dames qui, parlant de la reine, semblaient me parler de Coquelicot, toi tu dois être au service d'Isabelle Surgères. Comme un vaillant filleul qui obéit à sa gentille Marraine. Que fais-tu là, voyons, Amblard, à traîner dans les jupes des vieilles ?

– Cette fille est assommante, voyons, Marraine. Où l'as-tu trouvée ?

– Tu me remercieras plus tard, Amblard. Comme d'habitude. Elle a tout ce que tu n'as pas. Va lui faire la cour, c'est un ordre. Fais-la rire. Non, ne la fais pas rire. Fais-lui parler d'elle, de ses projets. Dis-lui que tu connais Kosciusko-Morizet ou Brochant de Villiers. Ou la petite Baladine Charles. Cette Isabelle Surgères, Amblard, c'est la fille d'une amie de ta mère. Donc, de mes amies, aussi. Nous étions ensemble aux Oiseaux. Tu peux y aller, va. Elle est pour toi.

Et Marraine me pousse si fort que je manque de renverser l'ambassadeur André François-Poncet, sortant juste de l'Académie, venant présenter ses hommages à sa chè-è-è-è-ère comtesse et lui raconter les potins sur l'élection prochaine, espère-t-on, de Jean-Jacques Gautier au fauteuil de Louis Armand. Marraine craint celle de Maurice Rheims.

La laissant aux prises avec l'Excellence, j'arrive à quitter discrètement la bonbonnière sans revoir Isabelle Surgères.

9

– Une épouse doit-elle être ennuyeuse ?

Marraine hausse les épaules :

– Pour faire carrière, c'est préférable, Amblard. Quand on est trop bien chez soi, on y reste. Ne pas s'entendre est le plus sûr moyen d'un mariage stable et durable, en dehors duquel on travaille bien, ce qui n'empêche pas l'amusement. Le mariage d'amour conduit droit au divorce. Es-tu amoureux ?

Je hoquette :

– D'Isabelle Surgères ?

Marraine, excédée :

– Non. Bien sûr que non. D'une autre. As-tu..., comment dit-on maintenant ? As-tu une liaison ?

Je rosis sans répondre. Parce qu'elle s'en fiche, Marraine ne remarque pas mon trouble et la manière dont je m'éloigne à rêvasser de Coquelicot, à genoux sur le lit, hier, à l'auberge, et murmurant :

– J'aime être déshabillée par un homme. Ça me flatte. Ça m'excite, aussi. Je me sens comme un cadeau dont on ôte le ruban. Ou un fruit qu'on libère de sa peau. C'est bête, hein ? *(Elle éclate de rire.)* Oui, c'est bête, et alors ? *(Haussement d'épaules.)* C'est si bon d'être bête. Pas tout le temps, mais régulièrement. Ça ne sert à rien, mais qu'est-ce qu'on est bien.

Coquelicot à genoux sur le lit. Pas toute nue, pas encore. Elle a gardé une de ces culottes aux noms compliqués – shorty ? bloomer ? – qui couvre le haut de ses cuisses brunes. Et un caraco de soie rose poudré que je lui vois pour la première fois, et qui me rend fou : d'où lui vient-il ? L'a-t-elle acheté ? Le lui a-t-on offert ? Et qui ?

Tiens, je suis jaloux. Non, peut-être pas jaloux : juste curieux. Je suis toujours curieux de la jeune Coquelicot. Je la retrouve dans la chambre 20 de cette Auberge de la Forêt de Rambouillet. Et je ne sais rien d'elle. Pas même son nom.

Elle happe le toast que je lui tends. Grillé, juste tiède, avec des rillettes mousseuses et poivrées. De canard, les rillettes. Dans le bocal, elle pique un malossol et, ne sachant par quoi commencer – le toast ? le cornichon ? –, elle rit. Puis, redevenant sérieuse, un rien phraseuse :

– L'erreur serait d'aller plus loin. Je me méfie des plaisirs intelligents, mais il faut être intelligent dans ses plaisirs. Moi, tu vois, j'aime les, comment dire ?, les… voluptés toutes bêtes. Ce qu'on ne peut pas raconter. Qu'on ne peut pas transmettre. Ce qui est à nous, rien qu'à nous. À toi et à moi. Même cette façon dont tu me regardes. J'ai l'impression que tu baves des yeux. Encore un peu de champagne, veux-tu ?

Elle se mord les lèvres pendant que le vin frémit dans son verre. Puis, fronçant les sourcils, mais les yeux riant à l'avance de ce qu'elle va dire :

– Quel est le sens du champagne ? murmure-t-elle en posant ses lèvres sur les miennes.

– Vertical.

– Bon, reprend Marraine, je n'ai pas à le savoir. Les histoires d'amour sont assommantes. Surtout celles des autres. Il n'y a que la chair qui soit réelle. La chair ne ment pas, hu ! hu ! hu ! Aime qui tu veux, mais tu épouseras Isabelle Surgères. Elle sort des Mines et des Ponts. Comme Baladine Charles, soit dit en passant. Ce qui est une référence. Ingénieur, elle veut faire de la politique. Vous êtes un couple idéal. C'est une petite dure, tu es un grand mou : excellente équipe.

En fait, la deuxième nuit avec Coquelicot ne m'a pas enivré comme la première. Déjà. C'était fatal, peut-être.

Tout y était, pourtant. Le verre de lait. La chambre 20 tout au bout du couloir, et ce balcon sur la clairière. Le pique-nique. Le champagne. Le caraco de soie rose poudré. Tout ce que j'ai déjà dit. Tout ce que je ne peux pas dire. Et cet enchaînement qui nous conduit à l'ivresse. Le sommeil brutal troublé par le désir, par les cris de Coquelicot dans un cauchemar, et ainsi de suite jusqu'au matin où, pour se faire couler un bain, elle sort en titubant du lit, renverse sans s'en apercevoir son sac sur le tapis, ce qui me permet, sans toucher à rien, d'en voir glisser quelques photos d'elle et sa carte d'identité.

C'est-à-dire son nom.

Aïe !

Aucun doute, cette fille est vénéneuse, voire dangereuse. Elle vient d'une famille à scandale, qui a jadis semé la pagaille dans la bonne société de Versailles et des cantons voisins.

Et ça m'excite.

Résumons : Coquelicot est dangereuse, Isabelle est ennuyeuse. Marraine ignore (quoique...) la première et couve la seconde. Je suis docile, alors. Parce que je m'en fous. Par nonchalance, aussi. Je crois aux règles de mon milieu comme à la civilisation de mon pays. Enfin non, je n'y crois pas tant que ça, mais ça ou autre chose, peu importe, *it's a bore !* Il suffit de se laisser porter. Déjà, je vois le piège se refermer sur moi. Et tu sais quoi ? Ça me plaît.

– Oui, mon vieux, je peux comprendre, me répond Thierry d'Audignon en reposant le chausse-pied. Nous sommes cernés, nous sommes foutus, nous n'avons plus qu'à chanter en attendant qu'on nous massacre. Que chanteras-tu, la toge sur la tête ? Mais, dis-moi, tu n'as tout de même pas l'intention d'acheter ces bottines ?

Nous sommes à Versailles, rue de la Paroisse, à la

Chausserie. D'Audignon et moi avons, depuis toujours, l'habitude de faire, deux ou trois fois par an, ensemble notre *shopping* de garçons. Alors qu'il essaie des derbys noirs, j'ai aux pieds des *boots* en daim mauve, à bouts très pointus, sans lacets, et avec des élastiques sur le côté.

Je me lève, marche lentement vers la glace. Me regardant, la vendeuse encense comme un cheval. Je me retourne, fais quelques pas vers un d'Audignon aux yeux ronds.

– Et pourquoi non ? je réponds. Des boots en daim mauve. Tu trouves ça trop viril ? Un peu rugueux, peut-être ? Un peu camionneur ? Un peu gars de la CGT ? Un peu bûcheron ? Eh bien, je les mettrai pour rendre visite à tes fermiers. Ça leur plaira, je crois. Je les prends, mademoiselle. Et, même, je les garde sur moi.

D'Audignon a pour mes bottines le coup d'œil d'un condamné à mort pour une jolie femme qui passe. La vie, désormais, lui interdit ces fantaisies. Pauvre garçon, que j'ai connu à la maternité et qui, depuis l'enfance, m'enchante par sa légèreté et sa gaieté alors que sa vie s'annonce si difficile : une existence rude, de peines et de labeur pour, au mieux, n'arriver qu'à subsister.

« Tu n'as pas le choix, Thierry, lui a toujours dit son père : il faudra que tu t'occupes de La Lueur. La maison est dans la famille depuis dix-neuf générations, tu seras la vingtième et tu t'en occuperas. Avec ta femme, si possible. Naître d'Audignon, c'est être prisonnier à vie.

D'abord d'un nom ridicule, mais ancien, et qui n'a pas démérité. Ensuite d'une terre de moins en moins adaptée à l'époque que nous traversons, si nous parvenons à la traverser, ce qui n'est pas certain. »

Fils unique, Thierry a, depuis sa naissance, été embarqué par son père pour des visites aux fermiers et vétérinaires, foires, vêlages et soins aux chevaux.

Mais nous ne sommes plus au temps où un vague régisseur suffit à surveiller fermiers et métayers, où le châtelain signe sans trop les lire les papiers qu'on lui présente. Il faut aujourd'hui tout connaître pour tout superviser. Autrefois, on pouvait demander un coup de main au roi, il faut aujourd'hui obtenir des subventions ; le principe est le même, mais il y a des papiers à remplir. Thierry avait appris de son père, mais avait dû passer des diplômes, devenir ingénieur agricole, apprendre aussi l'administration, le droit, la réglementation européenne et comment gérer une propriété de trois cents hectares dans la région de Houdan, où la terre est trop médiocre pour la consacrer aux seules cultures.

Pendant ses études, il avait côtoyé ceux avec qui il devrait passer sa vie professionnelle. Habitué à juger un cheval d'un poulain, d'Audignon décelait vite ce que deviendraient ses condisciples : les éleveurs et cultivateurs avec qui il pourrait s'entendre, les fonctionnaires qui ne lui passeraient rien, les politiques qui lui proposeraient de faire de La Lueur un parc de loisirs pour touristes en mal de vertige historique.

Une telle lucidité rendait peu à peu Thierry amer et ricaneur. De sa vie, il n'attendait rien de bon : une succession de corvées et quelques promenades dans la boue avec ses chiens.

Pour bien faire remarquer mes bottines mauves, je marche en canard rue de la Paroisse tout en devisant avec d'Audignon qui, d'un coup, me tire par la manche, me fait entrer au bar du Chat qui prise, commande deux bières et, sans reprendre son souffle, m'annonce qu'il se marie bientôt avec Charlotte Pluvier.

– Oh ! Félicitations. C'est du champagne qu'il faudrait. Charlotte Pluvier, dis-tu ? Est-ce que je la connais ? Moi, poursuis-je en baissant la tête, c'est avec Isabelle Surgères qu'on va me marier.

Thierry éclate de rire :

– Merci pour l'information. Isabelle Surgères ! Tu as été le dernier à l'apprendre. Tout le monde est d'accord sur ce mariage et ton avis compte peu. Je serai ton témoin et vous ferai un de ces discours. Moi, fait-il en baissant la tête à son tour – tout le monde baisse la tête dans ces circonstances : pudeur ? honte ? –, j'ai un peu plus de mal à imposer Charlotte.

– À ton père ?

– À ma mère. Dès que je lui ai dit son prénom, elle s'est étranglée. « Charlotte ? Quel prénom ridicule ! Mais à quoi pensent donc les parents ! »

Pour la comtesse d'Audignon, le prénom de Charlotte trahit une personnalité tapageuse et vulgaire. Charlotte, c'est la bonne copine pour boire des bières en taverne et filer au lit en rigolant. C'est la soubrette dont on trousse les jupons pendant qu'elle retape l'édredon. C'est une fille avec de gros yeux, une bouche toujours ouverte, et qu'on surnomme « Lolotte » en jetant des cerises dans son décolleté.

Voilà Charlotte. Rien d'élégant ni de racé. Prénom pour bonniche, chanteuse de beuglant, actrice comique ou chroniqueuse météo. Prénom pour chanson de corps de garde. Son prénom seul disqualifie cette fille que Mme d'Audignon ne peut imaginer autrement qu'avec des ongles au vernis écaillé, un chandail taché, un des collants filés et des souliers plats.

– Or, poursuit Thierry, Charlotte Pluvier est tout le contraire de ce que craint ma mère, qui ne l'a jamais vue. Ce n'est pas une boute-en-train pour soirées du Rotary. C'est une femme cultivée, élégante et racée. Je l'ai rencontrée en Sologne, chez des amis de Pouquet. À part lui, personne ne la connaît dans la bande. Elle te plaira, je crois. Tiens, je vais te montrer des photos.

Et, de son portefeuille, Thierry d'Audignon me sort les photos d'une fille ravissante, en effet. Trop bien pour lui, oui. Je hoche la tête :

– Bravo, Thierry. Oui, elle est très belle. Et dis-moi, tu es amoureux ?

– Ah ! Ça oui, me dit-il en penchant un peu la tête, avec un regard de labrador. C'est la femme de ma vie, Amblard. Vraiment.

Son bon regard humide.

– Vraiment, Thierry ? Alors une fois encore, bravo. Mais dis-moi, dis-je en toussant un peu pour ménager mon effet, mais dis-moi, et elle, qui est-ce ?

Et, de mon portefeuille, je sors à mon tour quelques photos tombées du sac de Coquelicot et discrètement ramassées sur le tapis de la chambre 20 de l'Auberge de la Forêt : Coquelicot, toute nue, avec Thierry d'Audignon, tout nu aussi, et très heureux de l'être à l'évidence.

Au lit tous les deux, éclatant de rire sans se quitter des yeux.

10

La scène se passe à Paris, 16e arrondissement, place de Mexico, sur la terrasse de la Brasserie du Mexique.

Terrasse, bien grand mot : quelques chaises sur le trottoir, mais qui nous permettent, à Isabelle Surgères et à moi, de nous parler sans nous regarder, à l'heure où les lycéens de Janson, sortant des cours, se poursuivent à Solex sur la place.

Dans une heure, nous irons chez Marraine, avenue d'Eylau. Isabelle a changé de coiffure et de déguisement. Aujourd'hui, robe Gucci assez courte. Vraiment mieux. Méconnaissable, même. Elle cherche son style, sans doute. Je retrouve le trouble de notre première rencontre sur la terrasse de La Boule d'Or à Versailles. Les terrasses et nous.

Joue-t-elle toujours au tennis ?

Peut-être pas, car elle sort des mentholées de son sac et, sans m'en proposer, allume une cigarette avec un briquet Dupont que, étourdiment, elle jette dans le cendrier apporté par le serveur :

– Ça doit vous revenir cher, dis-je.

Elle ne rit pas, reprend le briquet et, soufflant la fumée par le nez :

– Pourtant, Amblard, vous avez fait des études. Et pas n'importe lesquelles. Vous avez un potentiel.

Cette façon de parler !

– Si, dis-je, j'ai fait n'importe quelles études. Ce qui se présentait. J'étais doué, ce fut facile. J'ai fait des études pour qu'on me fiche la paix. Par mollesse, aussi. Et pour éviter l'aigreur. Le plaisir, voyez-vous, c'est d'être invité à ce bal des cons qu'est devenue la société française depuis qu'elle mesure ses faveurs au mérite, et de ne pas danser. Je ne veux pas danser. Je veux rester au bar.

Je dis cela d'un coup, avec une flamme – presque une emphase – qui me surprend.

Isabelle Surgères encaisse. Elle a un moment de stupeur, se demande si j'ai plaisanté ou non, comprend que je suis sincère, fait une petite grimace et semble chercher ailleurs un peu d'air. Puis, posément, d'une voix de prédicateur :

– Eh bien moi, je veux peser sur le monde. Changer la vie. Agir. Être solidaire. Faire que la société soit plus juste après ma mort qu'avant ma naissance.

– Vraiment ? Je salue ces fortes résolutions. En attendant, soyez solidaire, passez-moi les cacahuètes, voulez-vous ? Merci. J'espère tout de même que vous savez qu'il y a quelque chose de plus grand que d'agir.

– Et c'est ?

Je lance une cacahuète en l'air, essaie de la gober quand elle retombe. À la troisième tentative, j'y parviens. Isabelle lève les yeux au ciel.

– Ne pas agir. Faire confiance. Laisser faire. Être un exemple. Mieux : une référence. Pas un modèle, un point d'appui. *(Je m'enflamme, qu'est-ce qui me prend ?)* Ne voyez-vous pas que c'est précisément l'action qui précipite le pays dans l'ornière ? Cette américanisation doublée d'une soviétisation. Toutes ces lois inutiles, cette bureaucratie stérile, ces réformes débiles. Notre malheur vient de l'agitation de ces petits politiciens incultes. Sans eux, nous aurions une civilisation parfaitement réglée. Croyez-vous que les abeilles ou les fourmis aient besoin de politiques, de plans quinquennaux, de budgets, de décentralisation, de changements et de décrets ? Croyez-vous même qu'elles aient besoin de travailler ? Elles n'obéissent qu'à elles-mêmes. Tout comme les méduses.

Isabelle Surgères me regarde comme si j'étais fou.

– Qu'avons-nous de mieux que les méduses, Isabelle ? Elles n'ont pas de cerveau, elles vivent depuis plusieurs centaines de millions d'années, elles enchantent le monde et elles nous survivront. Dans la vie des méduses, nous n'aurons fait que passer. Nous devrions peut-être moins faire les malins, vous ne trouvez pas ? Qu'avons-nous de plus que les méduses ?

– Nous avons le champagne ! répond Isabelle Surgères en levant son verre. (Vide, le verre.) On y va ?

La compagnie de Marraine n'a pas changé depuis la semaine dernière. Ministres, généraux, banquiers, écrivains s'ils sont académiciens, journalistes s'ils sont du *Figaro*. Tout le reste, pour elle : des rouges. Isabelle Surgères et moi faisons figure de hippies. On ne nous remarque pas, l'ambiance est aux roulements de muscles du ministre, ragaillardi par les récents succès de Jacques Chaban-Delmas.

– Ne vous réjouissez pas trop tôt, mon cher, prévient le président du Conseil général des Yvelines. Le Premier ministre a des casseroles. L'accident de voiture de sa femme, d'abord. Sa feuille d'impôt, ensuite. Sans oublier le château de Chirac en Corrèze et autres affaires. Ça fait beaucoup pour un gaulliste !

– Chaban n'est pas gaulliste, voyons ! Ça tombe bien, moi non plus.

– Sauf que Pompidou, oui. Et il est sous la coupe de Garaud et Juillet, n'oubliez pas ça.

Pendant ce temps, la générale de Boisrobert se lamente sur la mort du duc de Windsor.

– … et de Wallis, pauvre chérie. Jamais elle ne sera altesse royale, ce qui était son rêve.

– Heureusement, dit la petite Mme Dumain, que la reine Élisabeth lui a rendu visite il y a quinze jours.

– Ils se haïssaient, qu'ont-ils bien pu se dire ?

Cette visite l'a tué, peut-être, le pauvre.

– Il paraît qu'il s'est levé à l'entrée de la reine dans sa chambre. Lui, tout cloué de perfusions, au risque de se trouver mal.

– Se lever pour elle, quel honneur ! Il aurait pu lui dire : « Qui t'a faite reine, ma petite Lilibeth ? »

Pourquoi Isabelle Surgères intervient-elle à ce moment-là ?

Depuis notre arrivée, nous nous sommes contentés tous les deux de tanguer de groupe en groupe sans nous occuper de personne, comme on visite dans un zoo les espèces en voie de disparition : ces gens qui croient encore à la civilisation occidentale.

Il ne faut pas contredire les dindes, c'est tellement plus amusant de les écouter glouglouter. Mais Isabelle Surgères, coupant, sans même lui avoir été présentée, la générale de Boisrobert, rappelle les sympathies nazies du duc (« Quel facho ! »), le passé leste de la duchesse (« Une pute, oui ! ») et se réjouit bruyamment : ces inutiles sont passés à côté de leur devoir comme de leur destin, « nous l'avons échappé belle, bon débarras ! ».

Résultat : effarouchées, les trois dindes Boisrobert, Dumain et Gur quittent à grand fracas leur bosquet de plantes vertes pour trottiner en froufroutant vers le salon de musique où Marraine les rejoint pour tâcher de les calmer. Plus tard, elles prendront congé en passant droit devant nous, sans un regard. Nous les verrons marcher, fières comme des divinités égyptiennes, de profil et le nez levé, après avoir signifié à leur hôtesse qu'elles ne pensaient pas pouvoir revenir jeudi prochain.

– Bah ! fait Marraine, une fois ses salons vidés en acceptant la cigarette que lui propose Isabelle, si Jean-Jacques Gautier gagne dans quinze jours le fauteuil de Louis Armand, ce que j'espère, elles rappliqueront toutes les trois : le cocktail aura lieu ici, toute l'Académie sera là, *Le Figaro* aussi, ainsi qu'Annie Ducaux, de la Comédie-Française. Je leur ferai tenir le vestiaire, hu ! hu ! hu !

Marraine rit, mais je vois bien qu'elle n'est pas contente. Isabelle Surgères s'en aperçoit aussi et lui présente ses excuses :

– J'ai été sotte, madame, pardonnez-moi, ç'a été plus fort que moi.

Marraine fait une petite grimace qui peut passer pour un sourire d'apaisement. Le ministre aussi est parti avec le président Palewski, qu'il couve pour qu'il n'oublie pas de parler de lui au président Pompidou. Nous restons tous les trois. Au loin s'affairent les extras chez qui je vais chercher une bouteille et trois coupes, pendant qu'Isabelle se fait chapitrer par Marraine comme une nonnette par la mère supérieure :

– Savoir écouter est très important, Isabelle, croyez-moi. Surtout à votre âge. Plus important que de parler. Il vous arrive d'être péremptoire. De plus, vous donnez souvent l'impression de réciter des questions de cours en voulant imposer votre avis sur tout. C'est inutile, sachez-le. Tout le monde se fiche de ce que vous pensez, chérie. Laissez parler vos interlocuteurs. Les hommes, surtout. Laissez-les parader, ils adorent ça. Ne les contredisez jamais, et surtout pas devant leur femme ; au moins, laissez-leur la dernière balle. Prenez l'air extasié. Battez des cils à l'occasion. Comme ça, oui, parfait. Riez. Détendez-vous. Laissez-les croire qu'ils ont de l'esprit. Si un homme pense que vous le trouvez beau, il sera à vos genoux. Mais s'il pense que vous le trouvez drôle, c'est à vos pieds qu'il se vautrera. À vous alors de savoir si vous devez le ramasser ou lui marcher dessus. Avec des stilettos, bien sûr. Pas de talons plats, jamais. Jamais, Isabelle, vous m'avez bien comprise ? Vous apprenez vite, j'aime ça.

Ce dernier incident me fait aimer Isabelle Surgères. J'adore les gaffeuses. « Aimer », le mot est vague, adoptons-le pour l'instant faute de mieux.

Voyons. J'ai vu cette fille trois fois. À chaque occasion, nous nous sommes querellés. Les trois fois, elle a montré une face nouvelle – et déconcertante – de son caractère. Cela suffit pour m'exciter.

Parce que nous avons tout pour nous haïr, nous avons tout pour nous aimer. Sans doute ai-je vu trop de comédies américaines mais, grâce à elles au moins nous savons que l'amour et la haine se chauffent à la même forge.

Marraine a raison : Isabelle et moi sommes assortis sans être d'accord sur rien. Ce sont de bonnes bases. Tout ce qu'elle est m'exaspère. Tout ce qu'elle veut m'ennuie. Toujours, je la vois à la conquête d'un poste, d'une place, d'un avantage, d'une complicité.

Son ambition m'intrigue : quelle blessure la rend-elle insatiable et si pressée ? Inlassablement, elle tend ses filets sur la société qu'elle veut conquérir de la plus traditionnelle des manières : la flatterie.

Je la surprends à écrire à tout ce qui brille. Heureuse d'avoir levé chez Marraine l'ambassadeur François Seydoux, le ministre Raymond Marcellin ou le père Vallery-Radot, qui la reçoivent tour à tour et devant qui, un peu au hasard, elle montre ses genoux, bat des cils et joint les mains.

Son intelligence et son caractère épatent. Marraine lui trouve du chien et de l'avenir. Isabelle veut bousculer les notables, ouvrir la vie, lâcher les forces de la jeunesse sur le vieux monde et que tous les gars se donnent la main.

En un mot : une raseuse.

Autrement dit : la parfaite épouse.

11

Pas du tout gêné, Thierry d'Audignon éclate de rire en regardant les photos où il apparaît dans toute sa gloire, mais au lit – et apparemment ravi de l'être – aux côtés de Coquelicot, également dans le simple appareil d'une beauté qu'on vient d'arracher à tout ce qu'on veut, mais pas au sommeil.

– Elles sont récentes, ces photos, constate-t-il simplement. Regarde, j'ai déjà ma nouvelle montre, celle de mes fiançailles avec Charlotte. Qui te les a données, Amblard ? Le photographe ? *(Je me trouble sans répondre, c'est-à-dire : je rougis, il continue sur le mode mordant.)* Si ce n'est pas le photographe, c'est un des modèles. Et comme ce n'est pas moi, c'est donc cette fille.

Le ton qu'il prend pour dire « cette fille ».

– Tu la connais ? dis-je.

– À ton avis ? Tu n'as pas plus con, comme question ?

– Non, je veux dire : connais-tu son nom ?

Il hausse les épaules, j'insiste, il lève la main.

– Je connais son nom, bien sûr, je ne le dirai pas.

– Pourquoi non ?

– Je ne dénonce jamais une femme, dit-il en souriant.

– C'est nouveau, ça ! Surtout avec moi. *« Laura is the face in the misty light »* ?

Il ne répond pas. Pour la première fois de notre vie, il y a comme une vitre entre nous.

– Où as-tu eu ces photos, Amblard ? Qui te les a données ? Où les as-tu prises ? Pourquoi me les montres-tu ?

– Les connaissais-tu ?

– Réponds-moi.

Je n'ai aucune raison de mentir à d'Audignon et, pourtant, je lui mens. Ou plutôt : je ne lui dis pas toute la vérité. Je lui dis juste que j'ai pris un verre avec cette fille rencontrée par hasard au bar de l'Auberge de la Forêt et que l'enveloppe a glissé de son sac. Comme elle était anonyme, que je connais un des protagonistes et que je ne pouvais décemment montrer ses photos à personne d'autre qu'à toi, Thierry, je te les donne, voilà tout. Tu en feras ce que tu voudras et tu peux compter sur mon silence.

Dans ce que j'ai dit : des vérités dans le désordre, et pas un mensonge ; mais d'Audignon ne m'aurait pas cru si j'avais tout raconté.

– Elles sont mignonnes, ces photos, murmure Thierry, attendri. On dirait une publicité pour le petit-déjeuner *(« Quelle énergie dans le sucre ! »)* ou pour la literie *(« Parce que vos nuits reviennent chaque jour »).* Que sommes-nous d'autre que des jeunes gens en pleine santé et qui s'amusent ? C'est le garçon de l'Auberge qui les a prises, figure-toi. Il avait retrouvé un vieux Leica qu'il voulait essayer. Cette Auberge de la Forêt, où tu es bien le seul à aller, comment dis-tu ?, « par hasard », c'est ça ? Par hasard, vraiment... Je les garde, Amblard. Je les restituerai à leur propriétaire et je te remercie à la fois de ton indulgence et de ton élégance.

Et comme je fais tout de même la gueule, il se met un peu en colère :

– Mais voyons, Amblard, ne me dis pas que tu ne la connais pas. Tu serais bien le seul. Souviens-toi.

L'évocation qu'il m'en donne fait ressurgir de l'ombre certains des gestes de Coquelicot, son rire, quelques attitudes remontées du passé.

En sortant avec ma bande, le vendredi, ces dernières années, nous l'avions vue, déjà, en effet ; et je l'avais remarquée comme un profil perdu, une silhouette dans un décor.

Curieusement, les filles de la bande se détournaient d'elle avec violence. Nous, les gars, ne posions pas de questions. Nous la regardions, sans plus, et nous nous en fichions : une serveuse ! Évidemment, elle n'est pas de notre monde mais c'est bien elle, pourtant, que je vois aujourd'hui réapparaître.

Elle n'est pas des nôtres mais je me souviens d'elle, à Bougival, apprentie au Camélia où, les yeux baissés, elle nous sert une salade d'écrevisses à la pimprenelle. Puis, plus assurée, à Louveciennes, aux Chandelles : devenue serveuse, elle nous conseille le tartare de saumon fumé au havane et herbes fraîches, « vous m'en direz des nouvelles ». Enfin à Rambouillet, à L'Orangerie des Trois Roys où, cheveux plaqués, elle accueille les clients et régente sa brigade avec fermeté. Chaque fois différente, chaque fois semblant jouer un rôle, chaque fois gentille et distante.

Elle n'a ni ce côté canaille des serveuses qui veulent plaire, ni ce côté dur des plus réservées. Elle en impose. Vulgaires comme nous le sommes alors, nous ne faisons aucune façon avec les servantes. Avec les patronnes non plus, du reste. Ni avec le sommelier ou le voiturier. Avec personne. Nous sommes ici chez nous, là aussi, partout. Qu'on nous serve, et plus vite que ça, si possible avant les autres. Nous ne sommes pas sympathiques.

C'est avec ces souvenirs plein la tête que nous quittons le bar du Chat qui prise, moi mes bottines en daim mauve aux pieds, lui ses derbys noirs bien emballés : il les réserve pour son mariage. Entre nous, le fantôme léger de Coquelicot et ce silence sur cette femme qui nous enchante, lui et moi, mais dont nous ne pouvons rien dire sans en dissiper le charme. Je ne pose plus aucune question, il ne dit rien, mais nous savons désormais que nous avons aussi en commun l'Auberge de la Forêt et sa délicieuse visiteuse.

Je connais assez bien Thierry d'Audignon pour savoir qu'il n'a pas cru un seul mot de ce que je lui ai raconté, mais qu'il s'en contentera. Les seules vérités qui tiennent sont les vérités acceptables. Il se doute de mes relations avec Coquelicot et ne veut surtout rien en savoir. Au cœur net, il préfère le flou du cœur léger.

Depuis l'enfance, d'Audignon et moi nous mettons en garde contre les dangers que nous risquons et les bêtises que nous nous proposons de faire. Nous faisons toujours ces bêtises – la prudence n'est pas notre fort –, nous évitons parfois ces dangers, mais avec le soutien d'un ami qui, quoi qu'on fasse, ne nous juge pas et prendra notre défense.

Aujourd'hui, tout de même, quelque chose change. Pour la première fois, lui et moi nous présentons en même temps sur ce champ de tir aux pigeons qu'est le mariage. Thierry ne peut plus rien pour moi, je ne peux plus rien pour lui. Au moment de rentrer à La Lueur, nous nous regardons gravement comme, je suppose, deux soldats de 14 sortant de la tranchée : peu de chances qu'on en réchappe.

Dans l'espoir de gagner le salon, c'est-à-dire le bar, Thierry et moi passons sur la pointe des pieds devant le bureau du père d'Audignon qui, bien entendu, nous a vus arriver par cette foutue allée de tilleuls menant au château, et assez large pour y faire donner le canon. Il nous hèle, veut voir nos achats, s'extasie sur mes bottines et nous accompagne vers la réserve de whisky, avec de grandes considérations sur le mariage, l'amitié et l'amour.

Le père de Thierry a toujours été phraseur. Il aime les phrases définitives. Dieu merci, la comtesse étant bavarde – on la laisse se répandre sans l'écouter, mais elle est intarissable –, il n'a que peu d'occasions de rendre ses sentences.

Entre une mère jacassière et un père pontifiant, Thierry, pour ne pas finir tout à fait abruti, a trouvé son salut dans la dérision. Tout le fait rire ou hausser les épaules. Il passe dans la vie en pensant à autre chose. Aussi n'écoute-t-il ses parents que pour s'en moquer, espérant juste que les conseils du premier – des platitudes d'almanach – lui viendront en aide si par hasard il en avait besoin :

– N'aie de droits sur personne, Thierry, conclut Maurice d'Audignon au bout d'un bon quart d'heure, mais ne tolère pas non plus qu'on en ait sur toi. Dans l'amitié, les liens qu'on a les uns avec les autres n'existent que dans l'instant. Ils se font et se défont sans cesse. Ami un jour, ennemi le lendemain, traître au bout du chemin. Fous-toi de ça, tu m'entends ? Fous-toi de ça !

12

Si Titus est jaloux, Titus est amoureux.

Jean Racine, *Bérénice*

Les photos me révèlent au moins ceci : je ne suis pas jaloux.

Détaché des plaisirs pris par Coquelicot avec d'Audignon comme de ceux pris par d'Audignon avec Coquelicot, je jouis pleinement de mes voluptés avec l'une et de la compagnie de l'autre. Que toutes ces affaires restent secrètes est un enchantement supplémentaire.

Le plaisir se limite au plaisir, mais il prend toute sa place. Je ne vole rien à d'Audignon dans mon commerce avec Coquelicot et rien à Coquelicot dans mes rapports avec d'Audignon. Je ne leur prends rien, je n'ai pas non plus de droits sur eux, tout cela me rend heureux.

Ce détachement de ce qu'ils peuvent faire ensemble en mon absence me soulage : j'avais cru pouvoir être amoureux de Coquelicot et craint toutes les obligations de l'amour. Des obligations imposées par la société et plus pesantes encore que celles du mariage : combien d'amants se marient pour faire cesser l'amour ?

Je n'aime pas Coquelicot, j'aime juste être avec elle dans la chambre 20 de l'Auberge de la Forêt. J'aime nos conversations dans les draps froissés du lit que nous avons défait ensemble. J'aime ce plaisir que n'alourdit aucune contrainte. J'aime ces exercices du corps qui sont aussi des exercices de l'esprit : corps enchaînés, esprits déchaînés ; corps enlacés, esprits délassés ; corps en mouvement, esprits en repos. Tout cela m'enchante et me renforce dans cette idée que j'ai toujours pressentie : il ne faut rien refuser de ce que la vie vous propose. C'est bête à dire, hein ? Il y faut parfois un peu de cran et ce cran, je l'ai. D'Audignon aussi, peut-être plus pour très longtemps. Et Coquelicot, donc !

Coquelicot que j'attends, un livre à la main, au bar de l'Auberge de la Forêt.

– Et si je me mariais ? lui dis-je.

Elle hausse les épaules. Tout le monde hausse les épaules dans mon histoire, ai-je remarqué.

– Pas avec moi, dit-elle doucement en me passant la main sur la joue. Marie-toi si tu veux – c'est de ton âge, c'est ce que ta famille attend de toi, je suppose – et continuons de nous voir. Nous n'en avons pas fini, toi et moi.

– Mais je ne vais tout de même pas tromper ma femme !

– Ça ne la regarde pas. Et puis, j'étais là avant, Amblard. Elle doit s'adapter. C'est moi que tu vas tromper avec elle. D'ailleurs, qui vas-tu épouser ? Une poule de Versailles. Une de ces poules élevées aux diams. Isabelle Surgères, ou quelqu'un de ce genre.

– Tu la connais ?

– Depuis trop longtemps pour qu'elle puisse m'impressionner. Aucun danger. Continuons. Qu'est-ce que tu lis ?

Ce jour-là, Coquelicot est bavarde et un peu nerveuse, pourquoi ?

– Je ne t'aime pas, Amblard, tu sais. Et, Dieu merci, tu ne m'aimes pas : si tu m'aimais, tu serais moins gentil. Ne nous mentons pas. J'aime faire l'amour avec toi, c'est bien différent. Et sais-tu pourquoi ? Parce que je suis bien avec toi. Avant, pendant, après. Nous nous amusons, voilà tout. C'est un jeu. Un exercice du corps. Alors qu'on veut nous faire entrer dans le crâne que c'est l'expression d'un sentiment. Parfois, oui ; pour nous deux, non. Je veux continuer de m'amuser avec toi, Amblard. Du moment que je t'amuse, de quoi te plains-tu ? Nous avons des choses à faire ensemble. Des choses qui nous regardent, toi et moi ; et qui ne regardent que nous. Nous allons les faire jusqu'au bout. Et puis, un jour, nous en aurons assez. Et nous arrêterons en nous laissant de jolis souvenirs. En attendant, vivons nos amours de vagabonds. « Je ne sais rien de toi, tu ne sais rien de moi. » Nous avons trouvé la vérité de notre relation : l'amour physique. On me dit que j'ai une vie de chatte de gouttière. C'est curieux comme on condamne ceux qui font du bien. Je suis heureuse avec toi, tu es heureux avec moi. Laissons la société à Isabelle Surgères qui, elle, ne sera jamais heureuse parce que ce qu'elle n'a pas encore est plus important pour elle que ce qu'elle a.

Pourtant, loin d'être frivole, Coquelicot est appliquée, réfléchie, studieuse, pieuse même : ne fait-elle pas une petite prière avant l'amour ? Elle met du sérieux dans tout, surtout dans les jeux du lit.

Il est vrai que ce sont les seuls jeux que je lui connaisse.

13

– L'amour n'est pourtant pas qu'un jeu, Amblard. C'est l'engagement de toute une vie, et il peut prendre des formes contradictoires.

Celui qui me parle, c'est le père Vallery-Radot, à qui je rends visite au séminaire des Missions, à Chevilly-Larue. Isabelle Surgères l'a rencontré chez Marraine, s'en est entichée, il doit nous préparer au mariage.

J'aurais volontiers fait affaire avec le chanoine de Martel ou le père Donval qui, jadis, m'avaient absous de bien des péchés, mais enfin me voici à courber l'échine et prendre un air doux, ce qui fait rire le père Vallery-Radot :

– Allons, ne faites pas la tête du veau qu'on mène à l'abattoir. L'Église n'oblige à (presque) rien et s'arrange de (presque) tout parce qu'elle est ancienne, qu'elle est sage et qu'elle a (presque) tout vu. On ne lui en sait aucun gré, bien sûr, mais quelle importance ?

Le père François m'entraîne dans les couloirs d'un grand bâtiment clair qui sent le vinaigre, l'eau grasse, le chou bouilli et l'eau de Javel. Après avoir enseigné pendant des années au Gabon, il s'occupe de la bibliothèque du séminaire :

– Nous proposons un idéal. Cet idéal est né de la parole et de l'action d'un homme. Un homme nommé Jésus. Un idéal poli par deux mille ans de sainteté, de péchés, de réflexion, de prières, de crimes, d'expiations. Aucune organisation humaine n'a autant d'expérience que l'Église de Rome. N'espérez pas nous impressionner, nous avons tout vu.

« Humainement, le mariage est impossible, Amblard. Ce n'est pas supportable : le mariage est une invention du diable, sachez-le. Obliger deux personnes à vivre ensemble le reste de leur vie ! Aucune ne peut y survivre sans l'aide du Bon Dieu. Si vous aimez votre femme et que votre femme vous aime, alors vous êtes perdus l'un et l'autre. Tôt ou tard l'amour s'envolera, et vous serez nus tous les deux. S'il se mêle du désir, c'est plus fugace encore : la chair n'est pas faible, elle est forte, bien plus forte que vous. Elle vous tient, et puis elle vous lâche.

« Ce que j'aime chez vous, Amblard, c'est que vous ne croyez pas à la vie d'ici-bas. Vous auriez pu être des nôtres, mais croyez-vous à la vie de là-haut ? De plus, les prêtres prennent en charge bien des malheurs et vous vous moquez des malheurs des autres comme de leurs bonheurs parce que vous vous moquez des autres. Vous êtes un insouciant, un oiseau, un lis. Un idiot, peut-être. L'idiotie devrait être revue à la hausse. Ce serait le comble du chic. Ou le comble de la sagesse ? Ou celui du vide ? Allez savoir !

Je vous verrais tout aussi bien dans un monastère. Seulement, on n'y trouve ni barman, ni cave à cigares. Pour vous, l'enfer est un lieu sans tabac ni alcool, n'est-ce pas ? Qu'y feriez-vous, Amblard ? Vous aimez les femmes, aussi. Elles vous sauveront au moins de vous-même. Surtout cette chère Isabelle, qui aime tellement le monde. Trop, peut-être. C'est une ambitieuse, elle se condamne à être malheureuse toute sa vie. Et donc à semer le malheur autour d'elle, malgré elle. Tout ce qu'on veut, on l'a : c'est notre punition. L'ambition est punie parce qu'on ne veut jamais assez haut. Isabelle est une insatiable, vous saurez la retenir. Si vous savez la tenir !

14

– Ça me ferait très plaisir de vous épouser, Isabelle, lui avais-je dit en quittant le saint homme. Vraiment. Quelle riche idée a eue Marraine ! À condition que nous fassions litière des idéaux qui laissent croire aux petits-bourgeois qu'ils mènent une grande et juste vie. Je veux bien m'engager à vous rester fidèle, c'est-à-dire à ne jamais vous lâcher. Et à vous traiter toujours dignement. Mais un homme reste un homme. Et j'entends continuer de vivre comme je l'ai toujours fait.

– Si vous êtes coureur, oubliez-moi tout de suite, Amblard. J'ai les sauteurs en horreur. Parfaitement vulgaires. Si je vois quelque chose en vous qui y ressemble, je ne veux même plus vous revoir. Et je vous raye de ma vie pour les siècles des siècles.

Isabelle me fait les honneurs de l'appartement qu'elle occupe du côté de Beaugrenelle, quartier sinistre, elle en convient elle-même, « rassurez-vous, nous partirons pour Washington dès notre mariage, si nous nous marions. Car je n'épouserai pas un sauteur.

– Je ne suis ni sauteur, ni coureur, Isabelle. Je ne vous enlèverai rien. Je ne vous ridiculiserai pas. Je ne vous encombrerai pas. Vous ne saurez rien de ma vie si vous n'en voulez rien savoir. Je suis le plus discret et le plus sincère des hommes. Si franc qu'on ne me croit jamais. Je veux une vie large, ouverte, pleine d'aventures. Je veux une épouse, pas une duègne, ni une sœur tourière. Je vous demande de ne pas être l'ennemie de mes plaisirs. Des plaisirs qui ne vous enlèveront rien, qui ne se feront pas contre vous, mais sans vous. Voilà la vraie générosité, la véritable élégance : n'être pas l'ennemi des plaisirs de l'autre.

– Aurez-vous, avec moi, cette même générosité et cette même élégance, Amblard ?

– Par principe, oui. J'essaierai, en tout cas. Je tiens la jalousie pour une maladie mentale. Et même pour un crime. J'aime les plaisirs simples, naturels et admis par tous. Des plaisirs qui n'ont pas à se justifier. Je souhaite aussi que vous gardiez votre part de mystère, que vous ayez des secrets pour moi, que vous ayez même de la distance, que vous n'attendiez pas tout de moi. Et surtout pas votre bonheur.

D'un coup, Isabelle Surgères se lève du canapé où je lui avais pris la main :

– Oh ! Gardez vos litanies pour vous, Amblard, vous m'agacez. Ce que vous dites est non seulement désagréable, mais inutile, ennuyeux et passablement insultant. Vous me donnez l'impression de me faire passer un entretien d'embauche.

– De débauche, plutôt. Mais, ma foi, il y a un peu de ça, c'est vrai, vous avez raison. Que fait-on d'autre lorsqu'on fait la cour à une femme ?

– Lorsqu'on fait la cour, Amblard, on se tient droit, on a un genou en terre et des cadeaux plein les bras. On passe chez Cartier avant d'ouvrir la bouche : les diamants ont toujours de la conversation, les hommes plus rarement. Et on fait précéder sa visite par celle de Lachaume et quelques douzaines de roses.

– Vous me prenez pour Gunter Sachs ?

Elle hausse les épaules, encore une fois, et a un petit rire légèrement dédaigneux :

– Ah, ça non, il y a peu de risques. Pensez-vous donc que vous n'ayez qu'à paraître, Amblard ? Avec vos théories et votre mode d'emploi d'un mariage heureux ? Je veux bien vous écouter, mais il me faut d'autres arguments. Montrez-moi d'abord ce que je vaux à vos yeux. Pour l'instant, je ne vois rien. Je vous trouve transparent et verbeux. Parfaitement rasoir. Revenez donc demain. Et n'oubliez pas : Lachaume, 103, rue du Faubourg-Saint-Honoré. Et Cartier, 13, rue de la Paix. À demain, Amblard.

15

Isabelle Surgères ne me revoit pas pendant dix jours, mais elle me revoit. Un genou en terre, des paquets plein les bras, dans un appartement fleuri comme une chapelle funéraire. Elle croit m'avoir dompté, je crois l'avoir achetée, nous nous trompons l'un et l'autre, mais avec une bonne humeur qui ressemble à de l'ardeur, c'est-à-dire à l'amour.

Nous sentons que nous avons, l'un sur l'autre, du pouvoir et nous décidons de ne pas l'utiliser. Pas encore. Nous nous ménageons, ce qui est normal puisque nous sommes destinés à être un ménage. Nous ressemblons à des chatons pour calendrier des postes.

Ce mariage avec Isabelle serait une catastrophe ? Peut-être, et alors ? C'est amusant, les catastrophes qui ne concernent que deux personnes et font plaisir à tant de monde. Vivre, n'est-ce pas faire des bêtises ? Ce qu'on appelle : avoir des aventures.

Sinon, quel ennui !

Que nous reste-t-il à vivre, à nous autres, Occidentaux

de cette fin du vingtième siècle, sinon des drames intimes ? Les destins collectifs se sont effondrés, Dieu merci. Il n'y a plus que des dresseurs d'inventaires et des redresseurs de torts.

Il y a l'amour, aussi.

Mais pour le reste, nous avons amené nos couleurs. Entrés en décadence à coups de guerres mondiales et de totalitarismes, nous avons fichu le feu au vieux monde que nous dominions. Nous sommes des aristocrates ruinés incapables d'entretenir le château des ancêtres ; encore plus d'en construire de nouveaux. De temps en temps, nous donnons des fêtes – Expositions universelles, Jeux olympiques, Coupes du monde – qui font penser à ces soirées données par des gens fauchés pour tenter de faire croire qu'ils ne le sont pas.

Il nous reste donc à mourir sans trop de ridicule. Loin de m'en lamenter, j'y prends plaisir. Il y a de la volupté dans les crépuscules. « Ces instants qui s'achèvent sont beaux », comme le dit une chanson qu'on entend beaucoup, cet été, à la radio. Il faudra que j'achète le disque.

Je pense – j'espère – que j'aurais été ce genre de type à monter à l'échafaud en sifflotant, ne serait-ce que pour le plaisir de quitter tous ces cons. La compagnie sera meilleure ailleurs, courons-y. Ou encore comme cette femme – Marlene Dietrich ? – se maquillant dans la lame du sabre de l'officier qui commanderait le peloton de son exécution.

J'espère avoir ce cran.

Comme je me coule dans la vie d'Isabelle Surgères, je vois Charlotte Pluvier se couler dans la maison des d'Audignon comme dans une robe faite pour elle.

À La Lueur, tout lui paraît familier. Sans connaître les lieux, elle semble les reconnaître. Elle évite spontanément la marche ébréchée qu'on signale d'habitude aux invités pour éviter qu'ils ne trébuchent – parfois, on laisse faire, c'est si drôle. Elle ne se cogne pas au linteau de la porte qu'on passe pour aller aux cabinets. Elle ne se cabre pas devant le triptyque d'Uccello – une copie, évidemment – accroché dans le grand salon, ne se croit tenue à aucun commentaire et se dirige d'emblée vers le fauteuil que s'apprêtait à lui indiquer Mme d'Audignon.

Charlotte s'assoit très naturellement sur le bord du fauteuil. Le dos bien droit. Elle ne croise pas les jambes, pose tranquillement ses mains croisées sur sa jupe, lève la tête et, sans cesser de sourire ni prononcer une parole, elle regarde la comtesse droit dans les yeux.

Ce qui, selon les critères de Mme d'Audignon – son regard de juge de concours hippique –, s'appelle un sans-faute. Elle en est surprise, et même impressionnée. Qui est donc cette jeune fille ? La Lueur semble n'avoir aucun effet intimidant ou excitant sur elle, qui ne regarde rien et se conduit comme, je ne sais pas, moi, comme dans un living de Levallois-Perret.

Mieux : la présence de Charlotte révèle, dans ce

qu'elles ont de mieux, toutes les pièces de la maison. Entre-t-elle au salon de musique, il semble qu'on entende s'accorder les instruments pour un trio de Haydn. Passe-t-elle en cuisine, on se figure qu'elle va donner des ordres au cuisinier pour un repas de retour de chasse. Pénètre-t-elle dans le salon gris perle, on voit se lever académiciens, ministres, officiers de cavalerie et tous les artistes qu'elle y reçoit. Sa présence éclaire toutes les pièces mieux, il faut bien le dire, que sa future belle-mère qui, par son air digne et renfrogné, semble être sa gouvernante.

16

Nous nous marions en septembre, coup sur coup. Isabelle Surgères et moi le 2, à la cathédrale Saint-Louis et au Trianon Palace. Charlotte Pluvier et Thierry d'Audignon le 16, à la cathédrale et au château de La Lueur.

Les deux fois, Coquelicot est présente.

Nous avons toujours su célébrer nos défaites. Nos mariages sont très joyeux et si tristes. Nous passons sous des haies de sabres croisés. Nous portons des toasts où nous pensons crever de rire. Nous sommes beaux, spirituels et charmants. Nos parents froufroutent, nos amis cancanent, nos relations criaillent, et tous ces gosses qui piaulent dans les cortèges, mon Dieu l'étrange peine que ces jours de noces, tapageurs et vulgaires.

Ces jours de noces qui sont des jours de deuil.

Nous sentons que nous y enterrons nos amis. Nous les reverrons, pourtant. Nous leur téléphonerons, peut-être. Nous leur enverrons des cartes postales. Nous

nous inviterons aux baptêmes de nos enfants et trouverons des prétextes pour ne pas nous y rendre.

Nous nous étions aimés et la vie nous séparait « tout doucement, sans faire de bruit ». Pendant ces deux mariages, j'ai vu changer tous mes meilleurs amis d'alors. Mes semblables, mes frères. En quinze jours, ils sont devenus comme des portraits d'ancêtres remontant dans leurs cadres.

Nous ne ferons bientôt plus partie du même monde. Nous nous disperserons. Je les verrai de temps en temps, ceux dont j'ai été si proche, briller à la télé, dans les journaux, dans le *Who's who*. Ils publieront des articles et des livres, donneront des cocktails, présideront des conseils d'administration, partiront en croisière. Ils seront resplendissants et ennuyeux, épanouis et prévisibles dans une société qui les fêtera.

En deux mots : de pompeux connards.

Il nous restera nos photos : instantanés de bons jeunes gens qui jettent leur gourme en se croyant, un temps, plus malins que les autres. Nous avons vite éteint nos feux d'artifice en pissant dessus, repus, remplis de nos bamboches, lourds de notre confort, de nos avantages et régimes particuliers. La démarche ralentie de tous ces privilèges et dignités restant à collectionner.

Sans Coquelicot, je serais devenu l'un d'eux, et nous serions restés, sinon des amis, au moins des alliés. Avec elle, je veux former un couple d'amants heureux.

Deuxième partie

AMANTS, VOULEZ-VOUS ÊTRE HEUREUX ?

Amants, voulez-vous être heureux ?
Suivez l'ardeur qui nous presse.
Que sans cesse la tendresse
Éclate et brille dans vos yeux
Parmi les rires et les jeux.

Musique de François Francœur,
paroles de Jean-Louis-Ignace de La Serre

1

Ne pas dire un mot de toute une journée, ne pas avoir de journal, ne pas entendre la radio, ne pas écouter de commérages, s'abandonner absolument, complètement, à la paresse, être absolument, complètement, indifférent au sort du monde, c'est la plus belle médecine qu'on puisse s'administrer.

Henry Miller, *Le Colosse de Maroussi*

Autrefois, pendant les vacances, j'entrais en résistance. Les adultes devenaient idiots. Sur les plages, ils se déshabillaient pour courir après une balle. À la campagne, ils s'asseyaient sur des fourmilières pour manger des sandwiches. À la montagne, ils s'entassaient dans des téléphériques pour marcher des heures chargés d'un sac à dos qui leur arrachait les épaules. Ils appelaient ça prendre du bon temps.

Aussi loin que je remonte dans mes souvenirs, je retrouve le souci d'éviter toute agitation. Aux derniers jours de classe, à Notre-Dame, nous cirions les tables. À la sortie de l'école, papa nous attendait pour nous emmener, mes cousins et moi, dans cette maison de Condé-sur-Vesgre, où nous pouvions, librement, traire les vaches, assommer des lapins, nous baigner dans la Vesgre, tirer les tresses des cousines affreuses et soulever les jupes des cousines jolies, bâtir des cabanes, patrouiller dans le parc du château où était mort José-Maria de Heredia, ce qui m'a toujours semblé réconfortant : mourir dans un château.

Vers le 20 juillet, nous partions pour Vichy, où mon père berçait sa nostalgie et soignait des problèmes hépatiques qui disparurent dès qu'il cessa de s'y rendre : hôtel où il faut sourire à tout le monde, devoirs de vacances, cravate pour dîner, verres d'eau tiède et salée, interminables après-midi à la piscine, conférences d'André Maurois au théâtre municipal. Le 1er août, nous arrivions dans les Alpes italiennes : air des cimes, neiges éternelles, sifflement des marmottes, ampoules aux pieds, fondues de fromages et tartes aux myrtilles jusqu'à la nausée. Voilà mes vacances.

Il me fallait résister car j'étais entouré d'agités toujours prêts pour une partie de volley-ball, un pique-nique, une montée en refuge, une cueillette de mûres ou une régate. Et toujours pressés de m'entraîner dans leurs trémoussements. Ces scouts m'exaspéraient. Comme on dit : j'avais la haine. Ou la flemme, qui n'en est pas loin.

C'est par dégoût de toute activité physique – mes canotages sur le Grand Canal mis à part – que je suis venu à la lecture. Dans ma chambre ou le jardin tranquille, je me jette dans les livres.

À préférer la lecture au sport, j'ai sans doute perdu des muscles, mais j'ai gagné du temps. Tout est dans les livres. Sac au dos, mes cousins partaient pour la Grèce. À leur retour, je me précipitais :

– Alors, l'Acropole ?

– L'Acropole, c'est chouette !

Et voilà tout.

Pendant ce temps, j'avais lu Homère, sir Maurice Bowra et Robert Graves. Et Chateaubriand, Renan, Lacretelle, Déon, Lacarrière, qui tous avaient fait le voyage pour me l'éviter. Et me faire léviter. Vous aurez beau vous agiter en tous sens, vous n'aurez qu'une expérience réduite à vous-même. Les livres, eux, vous enrichissent de dix mille existences.

J'aimais lire dans ce jardin d'Île-de-France, à la lisière ouest de la forêt de Rambouillet. Mes grands-parents avaient acheté cette maison où j'ai passé le meilleur de mon enfance. Mon père l'avait modernisée façon 1960. Jardin bien dessiné, volets verts, allées de gravier ratissé et dalles d'ardoise vite bues par les pelouses détrempées de pluies d'automne, massifs de tulipes, verger et terrain de pétanque, balançoires et rosiers en arc-de-cercle, transats et parasols sous lesquels nous mangions des tartines de chocolat.

Il y a toujours eu beaucoup d'enfants dans ce jardin. Je les revois, tous, même aujourd'hui où je suis seul, balancé dans mon hamac sous les tilleuls qui grincent au soleil. Ou peut-être est-ce moi, déjà, qui grince ?

Je les vois, ces enfants. Les caractères sont déjà là. Celui-ci fouille le garage de quoi construire une cabane. Celui-là taquine un hanneton et pose cent questions. Il y a ceux qui préfèrent goûter dehors avec les guêpes et ceux qui préfèrent goûter à l'intérieur avec les mouches. Pendant ce temps, les filles se disputent la balançoire, font manger des pâquerettes à leurs poupées ou s'écorchent les genoux en grimpant aux arbres. Les mères s'inquiètent (« Faites attention ! »), les pères rouspètent (« Allez donc jouer plus loin ! »). Plus loin, c'est l'aventure. Le jardin semble illimité. Un empire. Un empire qui rétrécit comme nous grandissons : trop vite. Un jour, nous avons cinq ans. Le lendemain, nous en avons trente. Mais, sous les mêmes arbres qui nous bercent de parfums ombreux, nous ne sentirons jamais le temps qui passe.

Parce que nous restons immobiles. Parce que nous ne faisons rien.

Je m'affale dans l'herbe avec un roman que j'abandonne au bout de deux pages pour regarder courir les nuages. Je lève le nez de mon livre plein de poussière, qu'un rayon vient de toucher. J'ai l'impression que la maison s'ébroue et sort, au premier soleil, de la torpeur qui l'a tenue ankylosée tout l'hiver. On ouvre les fenêtres. La première mouche vrombit dans la cuisine. Je supporte encore : c'est la mouche qui fait le printemps. Mais je songe à m'équiper. Sur la liste de courses, l'insecticide – *Catch, sans odeur* – précède de peu la crème solaire. Bientôt, les pinsons entonnent dans les arbres un chant d'amour sous forme de cris stridents, répétés toutes les dix secondes, et qui me vrillent les oreilles. Insupportables bestioles. Les pinsons – les oiseaux, en général – sont une plaie des jardins. Sorti les chasser, je rentre transformé, saisi par la douceur de mai.

Il y a des semaines, pourtant, que le jardin s'est réveillé. Sans moi. L'hiver est passé comme un voile d'eau sombre. Six mois de pluie, j'ai adoré ça, les semelles boueuses, l'eau qui vous rentre dans le col, les vêtements qu'on secoue en rentrant et qui dégoulinent sur l'ardoise du vestibule, le bois ruisselant qu'on jette et qui fume sur les braises, les 9° des matins engourdis, le vent gris dans le noir des arbres et l'insouciance obstinée des crocus, narcisses, freesias, iris et tulipes qui s'extirpent, comme en jouant des épaules, puis des coudes, d'une terre visqueuse et lourde d'eau. Les premières tontes répandent dans l'air tendre le parfum de la pelouse fraîchement coupée. Ça vient. Ça n'est pas encore ça. Me manque la tiédeur du soleil et d'avoir rangé mes chandails dans des armoires que je n'ouvrirai plus avant l'automne.

À la campagne, il n'y a que deux saisons : il fait froid ou il fait chaud. Ou encore mieux ceci : il pleut ou il ensoleille. Autrement dit : on est dedans ou on est dehors.

La maison d'hiver est douce et tendre. Elle protège, on se blottit. Les meubles luisent dans la lumière dorée. Chaque objet est un souvenir. Chaque livre vous renvoie à vous-même et vous pousse au-delà de vous-même. Rentré chez soi, on est en soi-même.

Au contraire, la maison d'été dope. La lumière envahit tout. Effaçant meubles, rideaux et tapis, elle pousse aux portes et me voici pieds nus dans le jardin.

C'est un jardin d'ombre et de vent où tout vient difficilement. Une vraie nature un peu rustre, qui rejette la fleur de serre, la plante chichiteuse, les talons hauts et les ongles vernis. Si vous y venez, un chandail à col roulé vous sera plus utile qu'un bikini. Même en plein été. Si vous ne vous y plaisez pas, il y a peu de chances que je vous plaise. Et ce sera aussi bien comme ça.

Avez-vous remarqué ceci ? Quel que soit le jardin dans lequel nous entrons, d'instinct nous ralentissons le pas. Même en ville, où sont les plus beaux d'entre eux. Car les jardins sont, avant tout, œuvres de citadins. Le paysan s'en méfie : trois fleurs criardes lui suffisent, dans un pot ou dans un pneu de tracteur. Une bonne terre qui ne rapporte rien, quel gâchis ! Il vaut mieux y planter des poireaux que des roses. Pour le paysan, la nature est plus ennemie qu'alliée. Pour le jardinier aussi, d'ailleurs. C'est en tâchant de maîtriser un ordre qui les dépasse que tous deux trouvent peine, plaisir et justification.

Nous sommes les enfants de nos jardins. Nous les dessinons, ils nous façonnent. Nous croyons les entretenir, ils nous tiennent. Trop vastes lorsqu'on veut les tondre, trop petits lorsqu'on veut s'isoler, ils nous apprennent la lenteur, la modestie, la ténacité, l'audace et l'imagination. Tout ce qui manque à la fois aux énarques et aux polytechniciens.

Je m'y mets parfois, sans passion. Jardiner m'ennuie un peu. Je laisse le jardin vivre et lui demande la même chose. Un jardin dont on s'occupe trop devient vite un tyran contre lequel on doit montrer une volonté de fer et de chaque instant. Jardiner, c'est lutter. Contre le soleil, la pluie, le vent ; et avec eux. Contre la terre ; et avec elle. Contre les insectes ; et avec eux. Contre les rongeurs ; et contre eux : impossible de vous en faire des alliés, grillagez. Tous les animaux sont au jardin, et vous n'êtes que l'un d'eux. Pas la peine de faire le malin. Imposez-vous.

S'imposer, dans un jardin ? Comme si c'était possible ! Tout est toujours à refaire. Pourquoi la terre est-elle si basse ? Pourquoi le désordre veut-il s'installer, coûte que coûte ? De quel droit qualifions-nous de « mauvaises herbes » ces plantes qui poussent toutes seules, partout, et qui fleurissent si bien ? De quel droit les arrachons-nous ? Pourquoi chasser le liseron qui embaume et protéger le géranium qui empeste ? À ces questions, le jardinier ne pourra jamais répondre. Il doit se soumettre. Roi dans sa cahute, serviteur dans son jardin. Deux fois heureux de devoir à la fois ordonner et obéir.

Et, pour moi, mille fois heureux d'y être seul et de n'avoir plus à faire ma cour, comme j'ai dû le faire toutes ces années à Washington.

Deux ans seulement, mais qui m'ont paru dix siècles.

2

J'arrive donc à Washington un mois après notre mariage. À mon bras ma femme, Isabelle Blamont-Chauvry, née Surgères. Inconnue en avril, rencontrée en mai, épousée en septembre. Nous ne savons pourquoi ni elle ni moi. Ça nous fait rire. Je l'amuse, elle m'excite. Je la repose, elle m'électrise. On voit le genre. Je ne sais pas d'où elle vient, elle ne sait pas où elle va, mais elle veut aller vite, partir loin et tout de suite. Rien ne l'arrête, ni personne.

Nous ne savons pas trop non plus ce que nous faisons Belmont Road, dans cette ambassade de France qui ressemble à un manoir Tudor 1900. Aucune liberté, nous représentons notre pays, j'ai l'impression d'être chez Marraine, je me tiens à carreau. Nous sommes arrivés dans les bagages du nouvel ambassadeur, Jacques Kosciusko-Morizet, père d'un de mes anciens condisciples de Polytechnique. L'Excellence nous a à la bonne. Encore un héros de la Résistance. Nous vivons entourés de héros, que voulez-vous que nous fassions après eux ?

Si je suis en attente d'affectation, on a chargé Isabelle d'étudier ce que nous pourrions tirer en France des dernières tendances du système universitaire américain. Pourquoi elle ? Elle n'y connaît rien. D'un coup elle s'enflamme, visite Yale, Princeton, le Massachusetts Institute of Technology, Berkeley, Harvard.

C'est que, si l'Université française est encore aux mains des rouges, pour parler comme Marraine, les étudiants américains semblent avoir perdu, en 1972, toute velléité révolutionnaire. Ils ressemblent tous à Ryan O'Neal et Ali MacGraw dans *Love Story*. Ils ne prennent plus de LSD, mais des notes sous la dictée de leurs professeurs, fument de moins en moins, ne mangent plus de poissons rouges et se prennent de passion pour les *health foods* et le rugby.

Pendant les tournées d'Isabelle, je flemmarde dans notre appartement de Rhode Island Avenue, tout près de l'ambassade et de la Maison Blanche. Nous ne nous refusons rien. Je flâne, je traîne, je passe au bureau taquiner la dactylo, je rentre, j'attends ma femme, je pense à Coquelicot, restée en France.

Je dis que j'y pense, est-ce que j'y pense vraiment ? À peine et sans douleur. Comme à une ville que j'avais aimé visiter et où je retournerais bien. Comme à notre maison de Condé-sur-Vesgre. Comme à la périssoire que j'y ai laissée, retournée, dans notre hangar à bateaux. Comme à mes parents. Pas plus.

Coquelicot fait partie de la vie charmante que j'ai eue en France et que je reprendrai un jour, peut-être. La dernière fois que nous nous sommes vus, nous avons fait l'amour sans bruit, lentement, plus gravement peut-être que d'habitude, comme en prenant les patins, si j'ose dire, mais sans cesser de sourire tellement c'était doux et léger. Ma place était vraiment dans le lit de Coquelicot, mais il fallait être brave. Nous nous quittions pour plus longtemps, mais sans nous séparer vraiment. Il n'y avait rien de triste dans ses yeux. Et j'étais dans l'excitation de mon mariage, qui m'amusait tellement, comme les projets de gloire d'Isabelle.

Une Isabelle que je découvre moins tendue qu'à Paris. Rentrée de ses tournées d'universités, elle en a soudain marre de tout, s'effondre et veut changer de vie. Tout ce qu'elle souhaite désormais, c'est servir un mari, élever des enfants « dans une grande maison à la campagne avec chien, chats, perroquets et une carriole tirée par un âne, que c'est doux les ânes, nous l'appellerons Coton ! Je ferai le repassage et des *apple pies* pendant que tu rentreras le bois, remets le disque, veux-tu ? ».

J'ai le cœur qui bat
Quand tu t'approches de moi
Quand tu m'ouvres les bras

Isabelle s'est amourachée d'une chanson d'Eva entendue à la radio et dont elle a fait venir le disque de France par la valise diplomatique. Chez nous, on n'entend plus que ça.

Devant le feu qui flamboie
On ne se parle pas
On ne dit rien
On est bien

Tout cela n'est pas déplaisant. Juste un peu ennuyeux. J'ai pour ma femme un amour bien élevé. C'est-à-dire : je m'en fous. Elle est là, tout est bien. Elle n'est pas là, tout est mieux parce que j'échappe aux derniers potins de l'ambassade, dont je me fiche un peu et qui l'enflamment, entre deux mesures du « Cœur battant ».

Tu frôles ma joue
Et dans un geste très doux
Tu me prends par le cou

Nixon vient d'être réélu. Isabelle se passionne aussi pour ça. Je suis plutôt du genre à penser qu'on n'a rien vu de neuf depuis Solon ou Ptolémée IV (et encore !), alors que le dernier cocktail du barman de l'ambassade vaut seul qu'on en parle. Je suis léger, seule manière de surnager dans ce naufrage.

Il est temps
De partir
Mais avant
Je veux t'entendre dire :
« J'ai le cœur qui bat
Quand tu t'approches de moi. »

Malgré quoi, Isabelle est insatiable. Avoir, à son âge, le poste qu'elle a obtenu ne la satisfait pas. Ce qu'elle fait ne la comble pas. C'est une excellente technicienne. Elle fait parfaitement ce qu'elle a à faire mais, au fond, elle s'en fout autant que moi. Ce qui nous rapproche.

Dans la diplomatie, comme on le sait, il ne suffit pas d'être bête, il faut encore être poli. Je suis les deux et mieux que ça : je suis décoratif. Aussi, je ne manque pas de succès. Isabelle en a également, mais je remarque qu'elle suscite, chez ses interlocuteurs, non un rejet, mais comme une méfiance.

C'est qu'elle est cancanière. Je ne m'en étais pas rendu compte en France, où il n'y a – surtout à Versailles – d'esprit que dénigreur, et où on ne vous trouve pas drôle si vous n'êtes pas méchant. En France, Isabelle passait pour spirituelle ; mais à Washington, où nous ne croisons que de bons enfants enthousiastes, son esprit moqueur fait peur, tient à distance tout en lui valant un joli succès, n'est-elle pas si piquante, provocante, si *parisienne* ? Et comme, pour ces mêmes raisons, elle les effraie un peu, on me respecte pour l'amour qu'elle me porte et par lequel, croit-on, je la maîtrise.

Il va sans dire que je ne maîtrise rien. Isabelle et moi formons un *couple parfait* qui ne tient que par ses défauts. Nous brillons dans une société peu brillante. La vie éclatante menée par nos prédécesseurs – le personnel de l'ambassade nous en parle en tremblant – n'est plus qu'une nostalgie. Ah ! Ces fêtes de trois cents personnes chez Bob Kennedy, où Ted se jetait en smoking, avec sa danseuse, dans la piscine ! Ah ! Le voyage des De Gaulle en 1960, et la petite Mme de Gaulle, impeccable, volontaire pour toutes les corvées, « comme une bonne sœur enjouée », disait M. Chancel, chef du protocole bien avant le M. Senard de Coquelicot.

L'époque est moins étincelante. Sous Johnson, puis sous Nixon, les *bright boys* élevés à Harvard sur le modèle d'Oxford ont laissé place, dans l'administration républicaine, à des gars plus rugueux. À la Maison Blanche, René Verdon, le chef vendéen formé à Nantes des Kennedy, a démissionné sous Johnson – qui n'aimait que la purée de pois chiches – pour ouvrir un restaurant qui a tout pour nous plaire : il s'appelle Le Trianon, et tout pour nous déplaire : il est à San Francisco. Les femmes de la délégation française sont les seules, désormais, à porter les créations de nos couturiers. Le Texas gagne partout.

Mais Isabelle et moi venons de Versailles. On ne va

pas nous la faire. Depuis des siècles, nous donnons le ton. Nous éblouir n'est pas facile, nous faire rire l'est.

Nous devenons vite la coqueluche des terribles *hostesses*, matrones de Washington qui, pour sévères qu'elles soient, ne sauraient intimider des Versaillais ayant lu Henry James et passés par le salon de Marraine. Nous avons gagné la bataille de l'avenue d'Eylau, nous pouvons nous produire chez Jayne Wrightsman, qui a tant de goût, ou chez Marjorie May, qui n'en a aucun ; ou encore chez la redoutable Alice Longworth, apparentée à René et Josée de Chambrun, amis de Marraine, qui passent régulièrement à Washington, lui parce que, tout en étant descendant de La Fayette, il est à moitié américain et totalement français, elle parce que c'est une des meilleures maîtresses de maison de Paris, et que le nom de son père fait frémir, ce qui est toujours bon dans un salon.

Nous sommes spontanés et gentils, on nous a adoptés et nous coulons des jours heureux. Moi, surtout, qui m'adonne à mon activité préférée : ne rien faire.

Isabelle, pourtant, révèle vite un trait de caractère douloureux pour elle, insupportable pour moi : contrairement à Coquelicot, elle est jalouse.

Chaque fois que nous rentrons d'une réception, c'est-à-dire pratiquement tous les soirs, elle me fait une scène. J'ai trop regardé Mary Lasker, été trop aimable avec Mary Acheson Bundy et embrassé de trop près Pamela Hayward, euh pardon, Harriman, le mariage est si récent – et si indécent pour beaucoup. Pour un peu, comme le malheureux Ventroux de Feydeau, j'aurais sucé la nuque de Mlle Dieumamour.

C'est vite infernal. Pour elle, probablement ; pour moi, assurément : un homme innocent qu'on soupçonne vit une double souffrance. D'abord d'être soupçonné, ensuite de se priver des plaisirs pour lesquels on le suspecte. Quitte à être torturé, autant se faire consoler.

Ce à quoi je finis par me résoudre.

J'ai une liaison, puis deux, puis trois. Avec une dactylo, la femme d'un consul, une interprète. J'améliore mon anglais avec l'une, ma duplicité avec l'autre, mon rythme avec la dernière. Je suis comme les chiens, j'aime apprendre. Lorsque nous nous croisons en public, mes conquêtes et moi sommes d'une froideur de garçon de café parisien. Isabelle le remarque, « tu devrais être plus aimable avec Priscilla Barry-Chew », me dit-elle un soir en rentrant d'un vernissage au Smithsonian, alors que je viens de passer avec la délicieuse Priscilla, sur Louisiana Avenue, un après-midi particulièrement fatigant – et délassant. « Remarque, poursuit Isabelle avec un ricanement, tu fais bien de garder tes distances. C'est une vorace. »

Elle dit n'importe quoi, mais avec flamme :

– Tout se sait, ici. Ces dames s'ennuient, elles ont besoin de distractions. Et encore, tu n'es pas au courant de tout. Mais tu en fais, une tête !

– Excuse-moi, Isabelle, mais j'ai les histoires d'alcôve en horreur.

– Les histoires de cul, tu veux dire ?

Son sale regard. Elle poursuit :

– Allons, ne fais pas ta pucelle, Amblard. Serais-tu coincé ?

Isabelle me pousse du coude, comme pour rechercher ma complicité. Elle veut que je lui demande des détails. J'ai toujours détesté les conversations de vestiaire ou de caserne. Je n'aime les indiscrétions que chez Saint-Simon, parce qu'elles viennent longtemps après, ne peuvent nuire à personne et nous concernent tous, dans notre humaine nudité. Je sens Isabelle haletante à l'idée de m'en dire plus. À cette minute, j'ai pour elle un sentiment qui ressemble à de la haine. Je hausse les épaules et je rougis, peut-être, ce qui la fait éclater d'un rire gras. Soudain, je regarde vers la sortie. Je sais que je ne finirai pas ma vie avec Isabelle.

Elle reprend son souffle et commence une histoire mettant Priscilla en scène, sinon en cause. Cette délicieuse personne avec qui j'ai passé l'après-midi devient, décrite par Isabelle, une vulgaire chasseuse d'hommes dont Isabelle me détaille les exploits en hoquetant d'un rire mauvais.

– Je t'arrête tout de suite, Isabelle. Je déteste qu'on mette une femme en cause. Ou qui que ce soit, d'ailleurs. Je ne supporte pas les ragots d'office. Je laisse ça aux domestiques. Ou aux journalistes, ce qui revient au même.

Non mais. Ce ton noble que j'ai pris. Un rien cambré.

Isabelle est jalouse – passion grossière et brutale –, donc elle gobe tout. Elle n'a aucune finesse. Elle garde son talent pour la seule chose qui compte : sa carrière.

Plus je vois son intelligence tourner à fond – et, aveuglée, passer à côté de l'essentiel –, plus je me dis qu'il n'est sans doute pas plus mal d'être, comme moi, un peu idiot. C'est-à-dire d'accepter de ne pas tout contrôler. De se laisser porter par le cours des choses.

J'aime aussi ses moments d'abandon. À part ça, je m'ennuie avec elle : son combat n'est pas le mien parce que je n'ai pas de combat.

Elle, toute à sa carrière, moi, tout à des plaisirs qu'elle ne peut même pas concevoir, raffolons de ces Américains qui, ayant passé beaucoup de temps à amasser de l'argent, n'ont pas eu une minute pour apprendre à s'en servir. Avec une différence : Isabelle se moque, je m'attendris.

C'est pendant le week-end chez les Barry-Chew que j'ai fait une gaffe.

Une gaffe, c'est pire qu'une faute.

3

Au bord du lac Saranac. Un Chris-Craft nous attend. Pont de teck verni, sièges de cuir blanc. Aux commandes, un rouquin musculeux, souriant et muet, en t-shirt, les pieds et les bras nus, malgré la fraîcheur. Nous nous emmitouflons dans des fourrures. Nous zigzaguons en silence sur les eaux noires et glacées entre les îles plantées de sapins, pendant que le soir tombe en douceur. Isabelle se serre contre moi, la joue contre mon épaule. Ma femme. Ce genre que nous nous donnons.

Au bout de dix minutes, nous accostons à un ponton joignant une plage bordée de cabines de rondins. Deux majordomes en habit nous attendent. À peine nous ont-ils souhaité la bienvenue que le Chris-Craft s'en va en traçant un long S d'écume sur le lac. L'un des gars saisit nos valises pour les poser sur un chariot. L'autre s'avance, comme monté sur roulettes :

– Bienvenue à Barry Port. Vous n'aurez que le temps de vous changer. M. et Mme Barry-Chew et leurs invités s'apprêtent à passer à table. Je vous conduis à votre chambre.

Nous embarquons dans un petit funiculaire qui nous tire du rivage pour nous hisser trente mètres plus haut, à la maison principale sous le porche – corinthien – duquel nous attendent nos hôtes, le robuste William Barry-Chew en smoking, la frémissante Priscilla dans une robe de mousseline rose Oleg Cassini.

– Nous savions que vous arriveriez tard, nous dit-elle en caressant la joue d'Isabelle. La route a été bonne ? Fatigante, un peu, non ? Comme c'est gentil d'être venus, nous en sommes enchantés, n'est-ce pas, Willy ? Nous vous attendrons avant de servir. À tout de suite.

Nous gagnons notre chambre pleine de fourrures d'ours, d'animaux empaillés et de toiles représentant les esprits iroquois planant sur le lac. Sur une commode, dans des cadres argentés, des photos de nos hôtes avec Pat Nixon, Paul Getty, Maurice Chevalier, Mamie Eisenhower, Dean Martin, Walt Disney et Shirley Temple.

Notre entrée ne manque pas d'éclat – Isabelle dans une robe fourreau rayée bleu et blanc signée Givenchy, moi en smoking de velours bleu nuit Lanvin –, dans le salon, immense pièce couverte de tapis où les amis des Barry-Chew grillent de passer à table. Dames rutilantes, messieurs burinés, tous plus milliardaires les uns que les autres. Nous ne connaissons personne et, seuls Français, sommes l'attraction de la soirée, peut-être même du week-end.

On nous conduit à la salle à manger remplie d'objets peaux-rouges, huit mètres sous plafond, baies vitrées vers le lac sur lequel sont braqués des projecteurs aussi puissants que ceux d'un stade. Murs de rondins, lampes aux abat-jour de plumes d'aigle, décoration surchargée de poteries, arcs, flèches et coiffures de chefs indiens. On se croirait dans un vaste bazar iroquois, débordant de trophées de chasse. Un instant, je pense à mon vieux copain d'Audignon : les murs de La Lueur sont couverts, eux aussi, de têtes de chevreuils, sangliers, biches et cerfs ; mais ici, c'est tout bisons, wapitis, buffles et caribous. Ces massacres ont la même conversation que ces dames qui m'entourent et qui brillent plus par leurs diamants que par leur esprit.

– Comme c'est joli, me dit ma voisine de droite en caressant mon smoking. Tellement bien coupé. J'ai vu le même sur David Ormsby-Gore l'autre jour à l'ambassade de Grande-Bretagne. Vous vous habillez à Londres, vous aussi ?

– Doux Jésus, certes pas ! Il vient de Paris. La robe d'Isabelle aussi. Une vieille robe de la duchesse de Windsor. Un solde.

Ça ne la fait pas rire – rien ne la fait rire –, et nous voici à parler chiffons. Les hommes sont lourds, affamés, rougeauds et endormis. Tous gentils et idiots. Des gens parfaits pour moi.

Ils ont réuni en quelques décennies, et pas toujours malhonnêtement, quelques-unes des plus grandes fortunes des États-Unis. Ils y ont mis tout ce qu'ils avaient, leur candeur et leur passion, toutes leurs forces. Incapables de s'intéresser à autre chose qu'à ces domaines : pétrole, télécommunications, caoutchouc, automobiles, presse ou immobilier, qui les ont rendus riches et importants. Le reste les assomme. Ils ont traversé le siècle sans le voir, croisé tout le monde sans rencontrer personne, parcouru le globe les yeux fixés sur leur prochain contrat. Des somnambules. Ne pouvant parler de la seule passion qu'ils aient, ils papotent. *Small talk.*

Étant le mâle le moins important du dîner, on m'a placé en bout de table. À ma droite, la femme d'un milliardaire des télécoms, « je ne sais pas trop ce que fabrique Johnny, moi je suis peintre, précise-t-elle en m'agitant devant les yeux ses doigts crevassés aux ongles courts.

– Je m'appelle Joan.

– Oh ! dis-je en battant des cils (coucou, Marraine !), je crois avoir vu une de vos œuvres dans la chambre qu'on nous a donnée. Les esprits iroquois planant sur le lac, n'est-ce pas ? *(Elle se rengorge, je bats encore des cils.)* Magnifique ! Puissant ! En pleine pâte ! »

Et hop ! J'ai ma voisine de droite dans la poche ; pourvu qu'elle ne me propose pas de visiter son atelier ! Son râtelier, plutôt ! À ma gauche, la femme d'un milliardaire de la finance, qui ne fait rien de ses journées, « je profite », soupire-t-elle.

Je m'écrie :

– Oh ! tout comme moi !

Les voici toutes deux à ouvrir de grands yeux.

– Eh bien oui, mesdames, je ne fais rien de mes journées, figurez-vous. C'est encore la meilleure manière que j'ai trouvée de passer mon temps. La plus utile, aussi. La moins nuisible, en tout cas. Ce qui revient au même.

Je les sens frémir comme si j'étais un *serial killer.* Ce que je suis, à ma manière : je tue les heures, je tue le temps, j'amuse ces dames pendant qu'à l'autre bout de la table je vois Isabelle tâcher de sortir ses voisins de leur torpeur en leur parlant de l'étalon-or, de Woodward et de Bernstein et de la politique culturelle de la France, mais sans passionner personne.

– Est-ce que vous parlez français, au moins ? demande-t-elle, un rien exaspérée, à Johnny Alsop Jr., le mari de cette délicieuse Joan qui peint les esprits sur les eaux.

– Pas du tout, Isabelle, mais j'ai très bien connu Maurice Chevalier. Qui vient de mourir, malheureusement. Lorsqu'il venait en Amérique, il passait toujours par la maison. Et je suis allé chez lui, à Marnes-la-Coquette. Ou, comme il le disait lui-même, Morne-la-Quéquette, *you understand, dear Maurice.*

– Mais enfin, insiste-t-elle, vous avez des affaires en France, vous pourriez en apprendre la langue.

– Bah, en France on peut aller partout avec quatre ou cinq expressions : « petit-déjeuner », « oh ! là ! là ! », « cherchez la femme », « c'est dément » et « combien ? ». Avec ces quelques mots de français, on se débrouille partout chez vous, non ?

Elle a beau sourire, je vois Isabelle peu à peu saisie par l'irritation. De retour dans notre chambre, je crains une scène mais, Dieu merci, elle s'étale sur le lit en éclatant de rire :

– Je suis heureuse d'avoir connu ces gens gratuitement, dit-elle. Ils sont aussi empaillés que ce caribou. Ils ne parlent que d'argent, quels ploucs ! Dieu merci, ce capitalisme-là est bientôt mort. Toutes ces fortunes indécentes vont disparaître de la surface de la terre. Ils vont devoir apprendre à partager.

Peut-être ne l'ai-je pas dit : Isabelle est socialiste. Pour embêter papa, qui est gaulliste. Et puis parce que c'est à la mode ces années-là. La petite chérie veut changer la vie. Voyez-vous ça.

Je prends sur une commode un cadre où Priscilla Barry-Chew sourit avec Louis Jourdan.

– Tu crois qu'elle se fera prendre en photo avec nous ?

– Avec toi, certainement. As-tu remarqué comme elle te regarde ?

– Non, dommage, j'adore qu'on m'admire. Mais

j'étais en bout de table, je ne voyais rien. Et puis je m'occupais de mes voisines. J'ai des projets avec elles, figure-toi. Demain, nous canotons.

La veille, de Washington, il nous avait fallu plus de douze heures pour gagner sur le lac Saranac la maison des Barry-Chew. Autant dire que nous dormons comme des bébés ours. Isabelle, qui n'aime pas perdre son temps, même avec moi, veut profiter de son séjour pour vanter les mérites du Concorde. Les Américains le boycotteraient au profit de Boeing. Le P-DG de Boeing, Thornton Arnold Wilson, surnommé Jack l'Éventreur, est un ami de William Barry-Chew.

Isabelle adore se mêler de ce qui ne la regarde pas. Elle compte bien vamper Willy pour le convaincre de laisser les compagnies aériennes américaines acheter notre avion supersonique.

Le matin, dès mon réveil, la cherchant sous les draps, je la trouve dans la baignoire à réviser ses fiches. Elle a posé sa machine à écrire sur une planche en bois, comme Clifton Webb dans *Laura.* Elle trouve ça chic. Une Valentine de chez Olivetti, dont elle ne se sépare jamais. Les épaules d'Isabelle sortant de la mousse, la buée sur les miroirs et sur ses lunettes, tout cela incite au délassement, n'est-ce pas ? J'ôte la Valentine de la planche en bois. Isabelle se fâche en riant. Elle veut retourner à ses fiches, qui tombent dans la baignoire, l'encre qui coule.

– Bah ! Tant pis, dit-elle, je les sais par cœur.

– On va te prendre pour une espionne, Isabelle, méfie-toi. Imagine que le personnel de maison trouve ces fiches et les rapporte à Barry-Chew. Il ne me semble pas qu'on puisse vraiment discuter avec cet homme-là. C'est un bourru.

De fait, nous avons beau être dans une sorte de paradis, nous avons toujours l'impression d'être suivis par la cinquantaine de domestiques qui sont à notre disposition, sans compter les détectives. Le moindre de nos vœux est exaucé, le moindre de nos gestes épié ; ce que j'apprendrai, trop tard, à mes dépens.

Dans les hauteurs surplombant deux lacs, la propriété de nos hôtes se compose d'une grande maison et d'une douzaine de chalets reliés par des sentiers, des escaliers et des terrasses couvertes d'une sorte de mousse faite d'aiguilles de pin, qui amortit tout bruit de pas. Ajoutez deux tennis, un golf miniature, une vingtaine de Chris-Craft, canots, barques et rivas, un sauna, une salle de cinéma, une salle de jeux et plusieurs salles à manger dont nous changeons régulièrement pendant notre séjour. Le tout d'une absence totale de goût.

J'ai du mal à dissimuler mes regards désolés, ce que remarque Priscilla :

– Ne m'en veux pas trop, *honey*, je n'y suis pour rien. Tout cela date d'avant mon règne. Je suis juste l'élément le plus neuf de la décoration. Ici, c'est Willy qui décide de tout. Pour le moment. Moi, je viens d'arriver, tu comprends ?

Willy Barry-Chew est un butor. Trompant sa femme par virilité exhibitionniste, n'admettant pas d'être trompé. Brave type, maladroit, lourdaud : Texan. Il a rencontré Priscilla dans un cabaret de Vegas et tient à sa réputation. Il surveille sa femme. Plus fine joueuse que lui, elle déjoue ses pièges et mène une vie assez libre. Toutefois, dit-on, le gars a mis à sa dévotion des sbires assez bêtes pour être dangereux. Si on allait vite au lit avec Priscilla, il arrivait qu'on y reste définitivement.

Mais cela, je l'ignorais.

La veille, au dîner, entre mes deux délicieuses, j'ai eu l'imprudence de raconter mes exploits sur le Grand Canal de Versailles. Au seul nom de Versailles, les voici à s'époumoner, elles sont les meilleures amies de Florence Van den Kemp, née Russell Bennett Harris, l'épouse du conservateur du château, « la connaissez-vous ? Et Gerald, *dear old fellow.* D'ailleurs, savez-vous, nous faisons partie de la Versailles Foundation ? ».

Pour un peu, Versailles est à elles. Elles n'y ont encore jamais mis les pieds, elles comptent bien faire le voyage l'an prochain.

Isabelle ne perd pas de temps. Dès le petit-déjeuner, elle vante l'esprit français, l'attractivité du territoire et la nécessité, pour les Américains, d'investir en France plutôt qu'à Monaco, où ils seront engloutis dans l'anonymat international tandis que Versailles leur garantit l'éclat et le prestige du plus beau château du monde.

Il faut donner de l'argent pour refaire à Versailles la chambre de Marie-Antoinette. « Versailles », « Marie-Antoinette », ces noms sont des aimants, on lui fait des promesses, elles seront tenues.

– Sous Louis XIV, ajoute-t-elle, les princes de Monaco n'étaient que des princes secondaires. Souverains, certes, mais en province.

– Aujourd'hui, c'est l'inverse, dit Willy Barry-Chew. Monaco brille – grâce aux Américains, soit dit en passant –, et Paris s'est éteint.

– C'est donc à Paris qu'il faut aller. Mieux, à Versailles.

Pendant ce temps, je regarde ces dames jouer au tennis. Le plus ravissant des spectacles. J'ai l'air de l'eunuque du harem. Hélas, je ne le suis pas. Tel est mon destin, pensé-je : rester au bar à regarder s'agiter les autres. Mary Lasker est assez mauvaise perdante. Ruth Balsan aime jouer face au soleil, simple question de bronzage. Toutes finissent par se disputer. Je regarde leurs cuisses. Dina Merrill s'est noué un foulard dans les cheveux. J'aime comme elle tend les fesses avant de servir. La jupette plissée de Sara Willshaw tourne dans le soleil. Je suis heureux.

Priscilla vient me caresser le dos. Nous partons dans un des chalets et faisons l'amour sur les peaux d'ours et sous les têtes de caribou.

Au pique-nique qui suit, au moment où je vais attraper un autre de ces délicieux canapés de dindon sauce barbecue sur pain de seigle, le *butler* des Barry-Chew s'approche de moi et, d'un air lugubre, me dit à l'oreille :

– Monsieur le conseiller d'ambassade, j'ai un mot personnel d'une extrême importance à vous dire immédiatement.

Il me conduit loin des invités. En silence, ses yeux se baissent lentement – et dédaigneusement – vers le bas de mon ventre tandis que ses lèvres se tordent d'une grimace dégoûtée, que je traduis par cet alexandrin quasi racinien : ma chemise sortait par ma braguette ouverte.

4

– Je vais te dire ce que je pense, Amblard, poursuit Marraine en prenant la coupe de Dom Ruinart 1966 que lui tend l'hôtesse. Merci, mademoiselle. Je pense qu'un homme fidèle est un vicieux, un égoïste et un goujat. Ou alors, qu'il n'a pas de santé. Parfaitement. À ta santé, justement. *(Elle cligne de l'œil.)* Et à tes amours, hu ! hu ! hu ! Comprends-moi bien. Si un homme est doué pour l'amour, il doit faire profiter de ses qualités les autres femmes, si souvent délaissées. Et s'il n'est pas doué, il doit apprendre. Il s'améliore avec des maîtresses, l'épouse en profite, tu vois.

Elle regarde par le hublot, rêvasse un peu puis s'écrie :

– Que de couples j'ai sauvés en couchant avec le mari ! Que vaudrait un *tennisman* ne jouant qu'avec un seul partenaire sa vie entière ? Tout exiger de sa propre femme c'est trop, beaucoup trop ! Sous prétexte de devoir conjugal, c'est du harcèlement. De l'esclavage, oui !

Et Marraine de replonger dans ses rêveries. Puis, se tournant vers l'allée, elle demande, d'une voix un peu forte : « Une autre coupe, il faut fêter ça ! »

L'hôtesse revient, son joli tailleur beige à manches courtes et col ouvert, signé Dior. Elle nous annonce le menu : omelette aux champignons, foie gras et pintadeau landais, accompagnés de nuits-saint-georges, clos des Corvées 1967.

– Merci, dit Marraine, je vais rester au champagne. Mais vous servirez du bourgogne à Monsieur *(elle se penche vers moi).* Isabelle a raison, poursuit-elle. Elle est intelligente, ça me fait plaisir. J'ai eu raison de croire en elle. Un homme fidèle, c'est mauvais pour une femme. Quel lavement, il vaut mieux un coureur, elle a fini par le comprendre ! Il tire des bordées, mais il rentre les bras chargés de cadeaux, comme un prisonnier à qui on permet une promenade. Personne n'est plus docile qu'un mari infidèle. Il croit être libre parce que la porte est ouverte, mais sa femme le tient par les permissions qu'elle lui laisse. Isabelle prend son plaisir dans le devoir, tu prends le tien dans la luxure, vous êtes magnifiques tous les deux. Une belle équipe. Un beau couple. Je ne me trompe pas si souvent !

Marraine a profité d'une visite qu'elle voulut rendre à ses amis Chambrun pour me ramener à Paris par la peau du dos, mais en Concorde.

Silence délicieux, juste souligné par un fond de musique douce. Stabilité parfaite : malgré – 56° à l'extérieur, nous sommes dans le calme d'un salon. Le polytechnicien se réveille en moi. Comme un gosse, j'admire et je savoure. Le pilote ne se soucie pas de chercher des vents favorables, comme avec les autres avions.

À Marraine qui s'en fiche, j'explique :

– Que veux-tu que fasse un vent de vingt à trente nœuds sur un avion volant à mille deux cents nœuds à l'heure ? Favorable, nous gagnons deux minutes, défavorable, nous en perdons deux. Grâce au Concorde, nous sommes plus forts que le son et plus forts que le vent. Les Américains sont fous de rage de n'avoir pu créer eux-mêmes cet avion, nouveau témoignage du génie européen. Voilà pourquoi ils nous font des difficultés.

– Oui, dit Marraine, j'ai appris ça. Mais nous pouvons compter sur Isabelle pour régler l'affaire.

Marraine replonge dans le champagne. À mon tour de rêver.

Avant notre mariage, je surprends ce dialogue entre Isabelle et son père, le terrible docteur Surgères :

– Je vais me marier, papa.

Le docteur Surgères réprime un bâillement. La répression du bâillement n'indigne personne, on se demande pourquoi, pense-t-il. Et il bâille largement, ce qui agace sa fille qui, pourtant, ne dit rien.

– Tu vas te marier ? Tu me le dis parce que tu crois

que ça m'intéresse ? Ou parce que tu espères me faire crever de rire ?

– Je crois surtout que ça va te mettre en colère.

– Bah ! Je me propose plutôt de m'en foutre complètement.

– Je ne crois pas.

– Ha.

– Parce que je n'épouse pas n'importe qui.

Grognement du docteur Surgères. Et soupir.

– Un mari, dit-il simplement, ça devient vite n'importe qui.

J'étais n'importe qui. Suis-je devenu un mari pour Isabelle ?

Je ne le crois pas.

Je suis une sorte de célibataire marié, ne me souciant que de plaisirs faciles, les oubliant aussitôt, n'ayant pas à m'absoudre puisque je ne me sens pas en faute, ni à me faire pardonner puisque Isabelle ne voit pas l'offense.

En apprenant mon aventure avec Priscilla Barry-Chew, Isabelle a une réaction inattendue : elle rit. À grands éclats d'une franche gaieté, presque attendrie :

– Toi, mon petit Amblard, toi en queutard d'ambassade, voyez-vous ça ! Comme c'est mignon !

Vraiment merveilleuse. Elle montre de la grandeur d'âme. Tout le contraire de la scène qu'elle m'avait jouée à Beaugrenelle, lorsqu'elle avait exigé ma fidélité ; ce qui m'avait choqué. À ce moment-là, je l'aime vraiment. C'est-à-dire : je veux son bien, être à son service, défendre sa cause. Elle m'épargne quand je suis à sa merci. Elle rit, se moque de moi, nous rions ensemble :

– Je ne t'en veux pas, Amblard, pas du tout. J'ai épousé un séducteur international. Avoir épousé un homme qui plaît aux femmes, mon Dieu, c'est plutôt flatteur et je ne romprai pas – comment dit-on déjà ? – « les liens sacrés du mariage » pour si peu.

Baissant la tête, le front soudain soucieux, elle tourne un instant en rond puis, venant vers moi :

– Mais il me semble préférable que tu t'éloignes quelque temps. Tu as défié l'affreux Barry-Chew sous son toit, il n'est pas homme à ne pas se venger. Quant à la pauvre Priscilla…

Tout fier, je rappelle à Marraine la réaction chevaleresque d'Isabelle. Je fais un peu la roue. J'ai toujours été ramenard. Dès mon enfance, on me surnommait « Amblard le Flambard ». Je me sens comme un hardi aventurier, un homme à bonnes fortunes, cachant duchesses dans les placards et princesses dans les cheminées pour qu'elles échappent à des bandits masqués et des soudards au poignard entre les dents :

– À ma manière, Marraine, je suis un audacieux baroudeur. Un baroudeur en dentelle, d'accord, mais enfin je pourrais faire de l'espionnage.

Marraine éclate de rire :

– Voyez-vous ça, le petit morveux, comme il se vante ! *Amblard the Flambard is back.* Tu n'as rien bousculé du tout, mon petit chat. Figure-toi que tu n'as été qu'un instrument dans cette affaire. Quand on trouve, dans une ambassade, un diplomate qui couche, on en profite. On utilise ses compétences. On va le border s'il ne dérange pas, on l'exfiltre s'il fait trop de tapage. Dans les deux cas, je le répète, on sait l'utiliser. Sache juste, Amblard, que tu as fait ce que nous attendions de toi. Ta mission est remplie.

– Ma mission. Quelle mission ?

– Willie Barry-Chew gênait certains de nos intérêts. Nous l'avons, grâce à ton intervention et à tes… compétences, hu ! hu ! hu !, mis hors d'état de nuire, au moins un certain temps. Nous l'avons ridiculisé. Il a perdu la face.

– Il se vengera sur Priscilla.

– Oui, peut-être. Pauvre Priscilla !

Cette pauvre Priscilla saura se défendre en attaquant son mari. Son divorce lui prendra des années mais lui vaudra d'empocher la moitié de la fortune du robuste Willy. Elle deviendra une donatrice très généreuse de la Versailles Foundation et contribuera pour beaucoup à la restauration du bosquet des Bains d'Apollon, où je m'étais un temps égaré avec Coquelicot.

À vrai dire, l'affaire était préparée de longue date, je n'en avais été qu'un instrument commode et passager. J'aurais dû demander un pourcentage, mais on ne pense pas toujours à tout.

Et j'apprendrai que c'est à la demande d'Isabelle que j'ai été rapatrié. Elle trouvait gênante, non mes coucheries – elle considérait mes maîtresses comme des baby-sitters et leur était reconnaissante de me maintenir propre et en forme –, mais ma désinvolture, ma façon de faire des agaceries aux dames lors des cérémonies officielles et de bâiller dans les cocktails. « Débarrassez-moi de cette peluche ! » avait-elle fini par demander à l'ambassadeur Kosciusko-Morizet.

Un autre des avantages d'avoir grandi à Versailles, c'est que tout y est tellement arrivé qu'il est impossible d'y faire scandale. La vie y est douce parce qu'on ne s'y choque de rien. On sait fermer les yeux et se boucher les oreilles sans pousser de ces cris de vertu qu'on laisse aux sauvages, aux artistes engagés et aux boutonnés.

Tout vivre discrètement, sans se cabrer, n'est-ce pas le sommet de la civilisation ? Étalage et déballage sont les marques de la barbarie et du puritanisme que nous conchions l'une et l'autre. Non à la transparence ! Voilà ce que j'explique à Marraine, qui finit la bouteille de Dom Ruinart :

– Oui, oh je t'en prie, Amblard, ne te crois pas au sommet de la civilisation avec tes galipettes. Tu n'as fait aucun exploit. Tu n'as réussi à arracher aucune parcelle de la vérité du monde. Tu fais juste partie de la compagnie – que dis-je ? du bataillon ! – qui a fait fumer l'autel de Priscilla Barry-Chew. Le sexe, ça n'est jamais grave entre adultes consentants et déterminés. Ce qui est périlleux, c'est de tomber amoureux. On se croit tout permis, on est chevaleresque, on veut faire le bonheur de sa belle, on se met en danger et c'est idiot. Le plaisir demande de la rudesse et de la discipline. C'est presque un ascétisme. *Ad augusta per augusta*, comme disait l'autre, hu ! hu ! hu ! Dieu merci, ça ne risque pas de t'arriver : il faut être généreux pour être amoureux, et tu es le pire des égoïstes. Reste comme tu es, va, c'est comme ça qu'on t'aime !

Ce que j'apprécie chez Marraine : quelque bêtise qu'on fasse, elle s'amuse. Rien ne la choque, elle en a tellement vu.

– Je n'ai pas fait d'études, et pourtant je sais tout, avait-elle dans sa jeunesse délurée l'habitude de dire. C'est parce que j'ai connu beaucoup d'étudiants ou, plus exactement, que beaucoup d'étudiants m'ont connue, hu ! hu ! hu ! Le temps passant, des étudiants je suis passée aux professeurs. Ça laisse des traces. Et comme disait Edmond Rostand, poursuivait-elle alors en écartant les cuisses :

« Le livre s'ouvre tout seul aux feuillets souvent lus. »

Ha ! ha ! *L'Aiglon*, Acte I, scène VIII, finissait-elle par dire en les refermant d'un coup sec, comme un éventail. Laissant son interlocuteur… interloqué.

Ainsi était Marraine, dit-on, autrefois : rieuse, provocante et farceuse. Bien sûr, je ne l'ai pas connue ainsi : avec moi, son filleul, elle était pieuse et gantée, me menant à la messe et me faisant réciter mes prières.

Avec le temps et les amants, elle a pris du moelleux.

Dans l'avion, elle me donne des nouvelles de Versailles. De mes parents, dont elle n'a rien à dire puisqu'elle les aime et qu'ils sont heureux. De Thierry d'Audignon, qui a perdu son père d'une crise cardiaque après que…

– Ah bon ? Le père d'Audignon est mort ? Première nouvelle. Quand ?

– Six mois après ton départ, je pense. Comment n'as-tu pas été au courant ? Il y a eu un scandale charmant, vite étouffé : on sait se tenir. Figure-toi qu'il a découvert que son fils avait une liaison avec la fille de cette femme qu'il a tellement aimée autrefois, et pour laquelle il a failli se ruiner, cette Italienne qui avait épousé cet impuissant, comment s'appelait-il donc ? Son nom m'échappe, ça doit être le champagne, peu importe. Bref, Thierry avait pour maîtresse la fille de sa maîtresse, des photos ont circulé, de Thierry avec la fille, de lui-même avec la mère. D'où remontée des souvenirs, crise cardiaque et boum !

Marraine et ses oraisons funèbres : un vrai Bossuet.

Nous avons mis trois heures et trente-trois minutes de Washington DC à Orly, nous mettrons une heure et quarante-huit minutes d'Orly à l'avenue d'Eylau, « en taxi, comme une pauvresse ! », gémit Marraine, que la mort de Pompidou et l'arrivée au pouvoir, en quelques semaines, de Giscard, ont surprise :

– J'avoue, j'ai été dépassée. Le ministre aussi, me dit-elle. J'avais anticipé la disgrâce de Chaban, mais je n'ai pas vu venir cette génération nouvelle.

Elle s'en veut comme une couturière en retard d'une mode. En politique aussi, on devient *old fashioned* du jour au lendemain. Deux ans auparavant, et je préfère ne pas savoir comment, son ministre avait sauvé sa peau. Chaban liquidé, il avait continué de sévir chez Messmer.

– C'était un brave type, ce Messmer, crois-moi, me dit Marraine. Un brave. Un héros. Pas très malin : un soldat. Loyal, honnête et droit. Pas le genre à la ramener. Sa femme amusait par ses blagues et son franc-parler. Gilberte. Tout Paris se moquait d'elle, tu aurais vu ça. On la surnommait *Messmeralda.*

– Ne me dis pas que c'était le bon temps…

Marraine frissonne.

– Non, bien sûr ! soupire-t-elle en poussant son chariot vers la station de taxis. Mais en ce temps-là, on venait me chercher à Orly. Voiture et motards, en vingt minutes j'étais à la maison. À propos, mon petit, tu dînes chez moi. Il y aura le ministre. Enfin, soupire-t-elle, l'ancien ministre et toute la bande habituelle. Tu me diras ce que tu en penses. Je me demande si je ne vais pas tout rafraîchir chez moi. La bonbonnière Napoléon III, j'en ai un peu ma claque.

J'y retrouve les dindes d'avant mon départ pour Washington. Survoltées. Jouant du bec et des plumes. Pour elles, un usurpateur s'est emparé de l'Élysée. Il y pousse même le ridicule – l'ignominie, oui ! – jusqu'à se pavaner en complet-veston, réorchestrer *La Marseillaise* et demander aux huissiers de taire, lors des cérémonies, les titres de noblesse des invités.

– On comprend bien pourquoi ! éclate la générale de Boisrobert. Ces huissiers sont d'ailleurs impayables. L'autre jour, on a annoncé Roussin comme « chansonnier » de l'Académie française !

– Et puis cette façon de se prendre pour le Prophète ! ajoute la petite Mme Dumain. « De ce jour date une ère nouvelle » !

– Surtout pour lui ! ricane Marraine. Ce ton qu'il prend. L'affectation de la simplicité est une des pires manifestations de la vanité. Ce type est un snob.

La petite Mme Dumain danse d'un pied sur l'autre :

– Voyez-vous la reine d'Angleterre marchant en kilt à son couronnement ? lance-t-elle en pointant du nez. Absurde, n'est-ce pas ? C'est une reine, donc elle a l'humilité des reines. Ce Giscard n'est qu'un… un… Oh ! je suis tellement en colère que je ne trouve pas mes mots.

– Un snob, insiste Marraine. Sa vanité le perdra. Il est très intelligent mais il ne comprend rien. Il sait tout, mais il ne sent rien. Tellement plein de lui-même. Il paraît qu'en classe il était le premier partout, même en couture, alors évidemment…

– Rappelez-vous son investiture, murmure le général

de Boisrobert. Cette marche à pied sur les Champs-Élysées, façon de Gaulle !

– C'était pour rester plus longtemps à l'image.

La petite Mme Dumain, en transe maléfique, roule des épaules comme un jour de soldes chez Hermès.

– Et *La Marseillaise* façon berceuse. Une offense pour nos soldats, pas vrai, général ? A-t-il d'ailleurs jamais porté un fusil, à part pour chasser, veux-je dire ? Oui, ce type est insupportable.

– On dirait un liftier, dit Marraine. Ou un garçon-livreur. Garçon, deux verres de lait, hu ! hu ! hu !

Un instant passent l'ombre de Coquelicot et le souvenir du bar de l'Auberge de la Forêt, mais je ne dis rien, dépassé par la volaille en furie dans les salons de Marraine.

Laissant caqueter les commères, je tangue vers le salon de musique où je retrouve, tassé comme un whisky, le ministre qui se répand sur ses malheurs. Par loyauté, prétend-il – en réalité par manque d'idées, d'énergie et de courage –, il est resté fidèle au parti gaulliste qui, pour se ménager les centristes dont il est – mais pas du côté de Giscard –, a fait sa carrière. Autant dire qu'il est fini.

Aussi Marraine le regarde-t-elle d'un œil neuf : n'a-t-il, en effet, pas fait son temps ? Ne risque-t-il pas de l'entraîner dans sa chute ? N'est-il pas périmé pour ces temps nouveaux ? N'a-t-il pas pris du gras à l'abdomen, au menton comme dans les idées ? En somme, n'est-il pas temps pour elle, si elle veut rester en course, d'envoyer son vieil amant à l'Institut ou à Sainte-Perrine ?

À peine a-t-elle le temps de prendre un parti qu'il est nommé ambassadeur de France à Ederly.

Marraine en fait les yeux ronds :

– Où donc, mon chou ?

– À Ederly, ma toute bonne. En Transmontanie. Mais si, voyons, le pays de la reine Cunegonda et du prince héritier Rourik.

– Mais c'est à l'est, ça, chou ?

– Disons en Europe centrale.

Frémissante, elle hausse les épaules :

– Chez les Cosaques, merci bien. Les rouges, il ne manquait plus que ça ! Vous savez bien que je ne peux vivre qu'à Paris, Washington, Rome, Milan ou Monte-Carlo. Londres à la rigueur, tout dépend des quartiers. Ou Condé, chez les Blamont-Chauvry, mais pas plus d'un week-end. Vous ne me verrez nulle part ailleurs, on s'y habille trop mal. Refusez !

Elle le voit hésiter, ce qui la met en colère. Elle s'avance vers sa glace à trois faces. Allons, elle n'est encore pas si mal. Et même très bien. N'a-t-elle pas vu l'autre jour trois de mes camarades lui tourner autour ? Plus deux gandins qui veulent être ministres. Les ambitieux sont d'éternels collégiens : il faut toujours les épauler.

Au regard que je lui vois porter sur le ministre, je

comprends qu'il n'en a plus pour très longtemps. Si elle veut durer, Marraine doit, en effet, rafraîchir.

Lorsque je prends congé, elle me donne rendez-vous jeudi en quinze, pour un dîner entre intimes.

– Ah ! Désolé, fait le ministre qui, de loin, l'a entendue et accourt, son calepin à la main. Désolé, ma toute bonne, mais c'est impossible pour moi, je suis pris.

Marraine roucoule :

– Ah, mais cher ami, ça n'a aucune importance, je ne comptais pas sur vous. C'est un dîner pour mon cher petit filleul, que sa vilaine marraine a bien négligé depuis sa communion solennelle.

– Mais enfin, ma toute bonne !

– Voyons, ne soyez pas stupide, c'est un dîner entre jeunes, que feriez-vous là ? Vous avez pris un tel embonpoint à vous bâfrer au ministère que vous auriez l'air d'un serveur de Potel et Chabot. On vous demandera de passer les plats. Votre présence ferait rire. Vous êtes toujours à Paris, chou, pas encore à Ederly. Sachez vous tenir. Sinon, on ne vous retiendra pas.

5

Il fait beau en cette fin de printemps. Je ne fiche rien. Mes parents ont ceci de reposant : quoi que je fasse, c'est bien. Ils m'aiment, me font confiance et surtout, ils s'en moquent, bénis soient-ils ! Ils restent à Versailles, me laissent à Condé où je m'installe, en attente d'une affectation.

Les journaux me tombent des mains. Je devrais m'y intéresser, pourtant. Le nouveau Sauveur de la France est énarque, comme moi, polytechnicien, comme moi. Doté d'une intelligence plus aiguë que la mienne parce que mieux exercée. Il a sur moi un avantage : il croit en lui, ce qui lui permet d'entraîner les moins assurés et les calculateurs ; et un inconvénient : il ne croit qu'en lui, ce qui risque de nourrir sa prétention et de l'étouffer.

Il s'entoure de gens qui lui ressemblent et qu'il peut dominer : intelligents, mais sans esprit ; des soutiers.

Qu'ai-je à faire dans ce monde-là ? Ne suis-je pas mieux dans mon jardin baigné par la Vesgre ? Une bonne femme du village, qui me connaît depuis ma naissance, s'occupe de mon intendance, son brave homme de mari de mon jardin : pour moi, la meilleure compagnie, sans compter celle des chats vagabonds étonnés de me voir occuper leur territoire.

Marraine me secoue. Quinze jours après mon retour, un jeudi, arrive sans sommation, *direct from Washington DC*, ma femme Isabelle en visite impromptue avenue d'Eylau : de passage seulement, elle repart dans deux jours, revient dans six mois, « peut-être définitivement, tout dépend de ce qu'on me propose, en tout cas mission accomplie », me dit-elle en souriant, évasive et ravissante, invitée d'honneur du dîner où Marraine, pour se relancer, a convié ceux qu'elle appelle ses « jeunes Turcs », tous de gauche, c'est nettement plus chic et excitant. Et puis, c'est à la mode.

Isabelle en tête, bien sûr.

Frétillante, amincie, rajeunie, Marraine s'émancipe et palpite. Elle a fait préparer, par celui qu'elle appelle « son chef » – en fait, un cuisinier du Coq, la brasserie de la place du Trocadéro, qui fait des extras –, « un vieux truc aussi démodé que moi *(vives protestations de la tablée)*, hu ! hu ! hu ! C'est un consommé aux cerises Maxim's. Un potage d'été, précise-t-elle. Il s'agit d'une mise en bouche faite de purée de cerises – on broie les fruits avec leur noyau – et de bouillon blanc, le tout avec un peu de cherry et de poivre, et réfrigéré. C'est délicieux, vous verrez ! On ne boit rien sur ce potage tout en nuances. Nous nous rattraperons ensuite. »

L'ambiance a changé chez Marraine. Après les cocktails pour dindes coriaces et ambassadeurs en retraite, voici le temps des dîners placés servis en veste et gants blancs.

Isabelle raconte ses aventures américaines en n'oubliant pas de s'y donner le beau rôle. Avec elle sont venus deux gandins que je ne connais pas : un certain Benoît Delamare, jeune espoir socialiste comptant bien enlever la sixième circonscription des Yvelines aux prochaines législatives, « où la gauche passera, c'est certain », et un ténébreux dont je ne retiens pas le nom, qui ne dit pas un mot et boit beaucoup en prenant des airs supérieurs : il est écrivain.

Je n'écoute pas trop les forfanteries d'Isabelle. Elle s'en aperçoit. Ces coups d'œil qu'elle me jette. De ces regards qu'on a en retrouvant dans un placard un vêtement oublié depuis quelques saisons et dont on se demande s'il est encore portable. La réponse qu'elle se fait ne m'est pas favorable. Depuis mon départ, je n'ai pas manqué à Isabelle, elle n'avait pas hâte de me revoir, elle n'a aucune intention de repartir avec moi.

Et c'est réciproque.

Le potage passé, un léger pomerol, jeune et frais, accompagne un pigeon aux petits pois cuits à la française, avec lardons grillés et cœurs de laitue, « ce sont les premiers petits pois, annonce Marraine. Ils viennent de Versailles. Du Potager du Roi. Parfaitement ». Mais personne ne l'écoute parce que la conversation se tricote sur les alliances à passer entre courants du parti, consensus, base électorale élargie, motion de synthèse et redécoupage. Tout cela échauffe Isabelle et ses amis.

– Je suis déjà en campagne à Versailles, dit Delamare. Les élections sont dans quatre ans, la gauche va passer. Y compris chez les bourges. Je suis sur le terrain en faisant distribuer des tracts par une petite de là-bas. Une petite main pas très futée, mais très jolie, le type italien, absolument charmante, très implantée à Versailles. Vous devez la connaître, d'ailleurs. Elle s'appelle…

– Voulez-vous des fraises ? lui demande Marraine en lui coupant la parole. Elles viennent aussi de Versailles. Du Potager du Roi. Le chef les prépare en soupe au bourgueil. Avec quelques pêches. C'est un délice. Mais vous disiez, Delamare ?

On ne lui répond pas, la conversation a tourné, ils sont tous à s'échauffer. Tous sauf l'écrivain, tout à son pomerol, moi qui regarde Isabelle s'éloigner vers sa nouvelle passion, et Marraine qui me lance des regards excédés :

– Ils sont sinistres, soupire-t-elle après leur départ. Si c'est eux, les représentants les plus brillants de la jeune génération, alors nous nous préparons des jours bien sombres. Quels raseurs ! D'agiles calculateurs, ni plus ni moins. J'en toucherai deux mots à Isabelle, si elle m'écoute encore. Assommants, sans idéal, je n'en veux plus chez moi. À part celui qui a fait honneur à mon vin, je n'ai pas retenu son nom. Lui, très bien. Je crois que je l'inviterai seul, une prochaine fois, en tête à tête. Je lui ferai visiter ma cave, hu ! hu ! hu ! Comment s'appelle-t-il, déjà ? Il aime les dames, tu crois ? Mais les autres, plus jamais. Isabelle m'a déçue. Bon, je vais reprendre un peu de soupe de fraises. Voyons, que peut-on boire avec ça ? On est tenu au bourgueil, tu crois ?

L'écrivain, « cher petit ! », a laissé du pomerol, ce qui attendrit Marraine. À bientôt cinquante ans, n'ayant pas remplacé son ministre devenu ambassadeur en Transmontanie (« Il ne m'envoie ni fourrures, ni caviar, c'est fini, nous deux ! »), la chère femme est en quête de chair fraîche. Le pomerol la rend stratège :

– Les politiques, c'est terminé pour moi ! La génération descendante n'a pas été mauvaise : de bons gaillards sachant se tenir partout. Celle qui monte – tu en fais partie, mon pauvre enfant ! – ne m'inspire rien de bon. Ils se croient les meilleurs parce qu'ils sont intelligents, mais ils n'ont aucun esprit. Quelle conversation ennuyeuse ! Des bavardages d'office, oui ! Pour eux, le service de l'État n'est que l'application de questions de cours. Ce qui les passionne, c'est d'occuper les places et d'en dégager les autres. À n'importe quel prix. Les élections ? Des concours à passer, des problèmes à résoudre. Ainsi iront-ils, éternels étudiants cyniques. Ça me déprime, je vais me mettre à lire, je crois, conclut-elle en reprenant du pomerol dont elle boit, rêveuse, la joue au creux de la main, en regardant vers la statue de Foch et la tour Eiffel.

6

> La fermeté n'est pas commune en France.
>
> Cardinal de Retz

Après deux ans, j'aurais préféré le revoir comme autrefois à La Boule d'Or, au Chat qui prise ou au bar du Trianon Palace, mais il refuse : pas le temps, il a tellement à faire.

À son ton froid, cassant, et qui me gêne un peu, je sens que Thierry d'Audignon n'est plus un homme à fréquenter ces endroits. Un jour, on quitte les bars où on a laissé le meilleur de sa jeunesse. Moi-même je néglige le Cercle nautique de Versailles que j'ai tant aimé. Il n'y a pas de quoi être fier.

Au téléphone, le silence se prolonge et moi, bêtement, de lâcher :

– Au fait, je n'ai pas su pour la mort de ton père, mon

pauvre vieux. Enfin, je l'ai apprise à mon retour et, je veux dire, euh... Enfin, je ne sais pas quoi te dire...

– Alors, tais-toi, ça vaudra mieux. De toute façon, tu n'y es pour rien, n'est-ce pas ?

– Mais bien sûr que... Mais, enfin !

– Encore que...

– Encore que... quoi ?

– Rien.

– Que veux-tu dire, Thierry ? Quand est-ce arrivé ?

– Juste après l'histoire des photos.

– Hein ? Quelle histoire ? Quelles photos ?

Il y a un grand silence, je dis « allô ! allô ! », je secoue le téléphone, puis Thierry change de ton, joue sur le mode enjoué, mais je sens bien qu'il se force :

– Mais rien, voyons, Amblard. Il n'y a rien du tout. Bon. Allons, quand nous feras-tu l'honneur de ta visite ? Je suis le seigneur du château, désormais, tu sais !

– Tu vas éviter les manants, je suppose. Je prendrai l'entrée de service.

Et ainsi de suite : succession de plaisanteries forcées où nous patinons sans parvenir à retrouver la complicité d'autrefois.

Durant mon absence, aucun des amis que j'avais jadis crus indispensables à ma vie ne m'avait manqué. Je revois l'ardente Isabelle dans la foule du vernissage d'une exposition de Robert Beverly Hale à l'Art Students League de New York. Elle veut le catalogue, se faufile parmi les invités, joue des coudes, ça nous retarde pour un dîner où on nous attend, je m'impatiente :

– Allons viens, Isabelle, nous le prendrons plus tard. Un autre jour.

– Mais c'est pour Thierry. Je l'expédie demain par la valise.

– Thierry ? La valise ?

Au tour d'Isabelle de s'exaspérer :

– Que tu es lourd, mon cœur ! Thierry d'Audignon ! Il me l'a demandé. Tu sais qu'il adore Robert Beverly Hale. Et Norman Rockwell. Mais surtout Beverly Hale. Il avait même pensé venir voir l'exposition. Mais il est retenu à La Lueur. Donc, je lui envoie le catalogue. Demain par la valise diplomatique. Compris ? Bon, tu viens ?

Ce qui me permet d'apprendre qu'Isabelle est toujours en relation avec d'Audignon, Pouquet, Bailly, Pen Hoël, Saint-Preuil : toute la bande de Versailles ; mais encore que d'Audignon aime la peinture, première nouvelle.

Un moment, j'envisage de mettre mes bottines de daim mauve pour me rendre au raout auquel d'Audignon finit, d'assez mauvaise grâce d'ailleurs, par m'inviter : « Il y aura tout le monde, dit-il d'un air las. On va s'éclater. » Il n'ajoute pas « comme autrefois », mais il le pense, mauvais signe. Réflexion faite, ça n'est pas une bonne idée, et je me rabats sur des mocassins.

Pour la première fois de ma vie, je ne suis pas

heureux d'aller à La Lueur. Je traîne. Je serai en retard, tant pis. La duchesse de Guermantes ne se piquait-elle pas d'arriver la dernière à une réception pour en repartir la première ? Eh bien, je fais mon Oriane, *tonight.*

Arrivé au château, je me dirige d'instinct vers cette ancienne serre où Thierry d'Audignon a, depuis ses premières surprises-parties, toujours donné ses bacchanales. Je n'y reconnais plus rien. On a muré, décoré dans l'idée qu'on se fait de la côte Est américaine. Fenêtres à petits carreaux, dégueulis de fleurs, plantes en pots, lampes de cuivre, rocking-chairs en terrasse et chien fidèle faisant *ouah ! ouah !* à mon approche, ce qui fait passer par une fenêtre la tête à la comtesse douairière :

– Une fenêtre à guillotine, dis-je. Vous n'êtes pas rancunière, Élisabeth.

Léger rictus de la mère de Thierry, signe chez elle d'une immense rigolade. Née Élisabeth de Saint-Sidoine, elle compte, dans sa famille, quelques noyés à Nantes, quelques fusillés à Lyon, deux ou trois émigrés dont on parle à voix basse – il y a des ratés dans chaque famille – et un grand nombre de décapités. Elle n'oublie cependant pas sa dignité de reine en exil :

– Mon pauvre Amblard, soupire-t-elle, depuis mon veuvage et, surtout, depuis la découverte de la trahison de feu mon époux, je suis au rancart. Dans les écuries ou presque. Remarque, je suis mieux installée ici qu'au château, tout a été refait à neuf, viens donc voir, mais si, entre !

La comtesse douairière me fait visiter son nouveau logis. Je fais « Oh ! », je fais « Ah ! », elle est ravie :

– Le château est à Charlotte, maintenant, je n'existe plus. J'ai l'air d'une concierge. Ou d'une sœur tourière. Veux-tu un verre ?

Je m'en sors avec deux whiskies. Elle reste à l'eau, me demande des nouvelles d'Isabelle, de mon séjour à Washington d'où elle s'étonne de me voir rentré si vite.

– Ce n'est pas que je m'en plaigne, Amblard, bien au contraire, j'ai toujours eu plaisir à te voir, tu le sais. Parmi les amis de mon fils tu as toujours été mon préféré. Et je vois que tu n'as pas changé, contrairement à Thierry depuis qu'il a épousé cette fille. Qui est déjà enceinte, d'ailleurs. Plus moyen de s'en séparer.

Moment propice pour lui présenter, d'un air affligé, mes condoléances. Elle éclate de rire :

– Mon Dieu, Amblard, si j'avais été au courant de l'affaire, j'aurais étranglé Maurice de mes propres mains.

– Oui, bien sûr, fais-je en baissant la tête et en roulant des yeux hagards. De quelle affaire peut-elle bien parler ?

Puis, relevant la tête, je murmure :

– Quel dommage c'eût été ! De si jolies mains !

En pure perte car Élisabeth d'Audignon, voyant que je suis aussi ignorant et innocent que l'agneau bêlant, me raconte en détail la cause et les circonstances de la mort de son mari, ce qui nécessite un troisième whisky que je bois d'un coup, debout, avant de sortir en titubant.

– Viens me voir de temps en temps, Amblard. Ça me fera plaisir.

Sous le règne de son père, Thierry d'Audignon donnait dans le genre vaurien, jean-foutre et ricaneur. Il s'affalait dans des fauteuils signés François Lapierre ou Nicolas Blanchard, laissait traîner ses verres sur des commodes dues à René Dubois ou Nicolas Petit et allumait ses cigares avec des pages arrachées dans les livres de la bibliothèque. Si on l'avait écouté, on aurait envoyé tous les meubles au commissaire-priseur pour se meubler à Parly 2 chez Habitat.

Thierry rêvait de moquette, d'ascenseur, de chauffage par le sol et d'un canapé Roche-Bobois. Il bavait devant vaisselle en plastique, couverts en inox et toile cirée. Tout ce qui renvoyait au passé lui donnait… des renvois, précisément. Il ne comprenait pas pourquoi il fallait jeter ses vêtements et garder ses meubles. Quand il serait le maître du bordel, on verrait ce qu'on verrait : le beau feu de joie qu'il allumerait avec ces vieilleries !

C'était compter sans Charlotte et l'armée de décorateurs, antiquaires et brocanteurs qu'elle avait levée pour remettre, selon son expression, La Lueur dans son jus.

Tout ce que Versailles compte de tapissiers, menuisiers, ébénistes, doreurs, plumassiers et brodeurs avait travaillé pour le château. Chaque détail était comme estampillé : du flambant vieux sans ce charmant désordre, la patine et l'usure naturelle d'autrefois. Les toiles d'araignée manquaient, tout comme les chauves-souris au grenier et la suie dans les cheminées.

L'esprit des lieux s'est envolé dans ce chantier. Ça sent le vernis au tampon, le produit à cuivres, le tissu neuf et la cire synthétique. Pire, pour camoufler l'odeur des cheminées ramonées, Charlotte met des bougies qui donnent aux pièces où elle reçoit un parfum de fraises des bois et de myrtilles sauvages.

Charlotte est enceinte, elle me demande discrètement, en m'accueillant, d'être le parrain : « C'est une fille, souffle-t-elle, nous l'appellerons Maxime, une idée de Thierry. Tu sais comment il est : toujours un peu fou. J'accouche d'ici un bon mois. Comme tu es gentil, Amblard ! »

Charlotte a un petit sourire et m'embrasse très vite au coin des lèvres avant de rejoindre ses autres invités dans la pièce qu'elle appelle le salon rouge.

Tous ces amis que je n'ai pas vus depuis mon mariage et dont je m'aperçois soudain qu'ils me sont devenus parfaitement étrangers.

Il y a là Pierre et Isabelle Bailly, Olivier et Isabelle Dumain, Vincent de Pen Hoël et sa poule du moment, qu'il appelle Mimi, Maxime Pouquet et Isabelle de Saint-Preuil, qui se sont mariés voici un an :

– As-tu reçu le faire-part, Amblard ? me demande la

nouvelle Mme Pouquet. Tu ne nous as pas répondu ? Ta femme non plus. Elle va bien, au moins ?

– La dernière fois que je l'ai vue, elle allait bien, oui, merci.

Et je tourne le dos à cette Isabelle. Comme je l'ai fait remarquer, déjà, toutes les filles de ce temps s'appellent Isabelle, sauf Baladine Griggs – une des meilleures amies de ma femme, soit dit en passant –, qui n'a pas pu venir : elle a son fils Antoine à garder.

C'est Pierre Bailly qui me l'explique, comme si l'information pouvait m'intéresser. Il enchaîne en me racontant comment Baladine a acheté, dans les Alpes, une entreprise de BTP :

– … pas une mauvaise affaire. Figure-toi que…

– Excuse-moi !

Je le plante pour sortir faire quelques pas dans le parc. Le gravier me rappelle ma première rencontre avec Coquelicot. J'en ai la gorge serrée. Ce que m'a dit la mère de Thierry, il y a une heure, m'affecte plus que je ne l'aurais cru.

J'avais vaguement, dans mon enfance, entendu parler de ce scandale. Mais il touchait la génération de mes parents, c'est-à-dire des gens aussi anciens pour moi que ceux dont parlait Saint-Simon dans ses *Mémoires*. Comprendre soudain que, non seulement Coquelicot en souffre encore quand tout le monde n'en parle aujourd'hui qu'en riant, mais que cette affaire est le moteur de sa vie, m'étreint le cœur. Il faut que je la retrouve.

Je devrais partir à sa recherche, et pourtant je reviens, et je passe à table avec les autres et ces conversations qui glissent sans me toucher.

Ils sont donc tous là, autour de la table de la grande salle à manger de La Lueur, présidée par mon meilleur ami qui, comme à mon mariage, se lève pour prononcer un discours en mon honneur. Ce qui fait rire tout le monde – comme Thierry est drôle ! – sauf moi car je vois bien qu'il se force. Je le trouve con. Je souris bravement. Prétextant la fatigue et l'émotion, je reste assis sans répondre. Je lève juste mon verre en silence.

Je me dis que tous, autour de moi, ont enchanté ma jeunesse. Je me rappelle leur esprit, leur drôlerie, leur insolence, leurs talents, leur légèreté. Ils promettaient de renverser le monde ancien, bousculer les notables, faire éclater les vieux cadres, apporter frénésie, fraîcheur, extravagance et nouveauté.

Et les voici qui, en moins de deux ans, ont pris la poussière. Je ne les trouve plus brillants mais ternes, terreux, peureux, calculateurs, déjà aigris : passés.

D'habitude délicieuses, mes voisines, Charlotte d'Audignon et Isabelle Bailly, ne disent que des conneries. Elles se sont mis dans l'idée de servir la carrière de leurs époux. Loin de la sagesse de Joan Alsop et de Priscilla Barry-Chew, mes chères amies américaines, elles se sentent guerrières et ont des avis sur tout. Pire : elles les donnent et les défendent.

Pompidou mort, Giscard à la barre sous la haine

vigilante et partagée de Chirac, l'élan de mes amis est rompu. Tous doivent choisir leur camp et nouer des alliances. D'où des plans et calculs à n'en plus finir, dont ils nous assomment pendant tout le repas. J'ai l'impression d'être peloté par les oreilles. D'avoir pensé à mes candides amies américaines m'a fait souvenir d'une conversation entre Joan et Priscilla, un soir qu'elles se croyaient seules et que la première soupçonnait la seconde de lui avoir emprunté son mari pendant les dernières vacances :

– Tu as couché avec lui, avoue. Je ne t'en veux pas, chérie, mais c'est pour que tu me racontes. Tu as couché avec Johnny, n'est-ce pas ?

– Oui, peut-être, je ne sais plus. Montre-moi une photo. Mais non, c'est une photo de sa tête ! Si tu crois que je vais le reconnaître par là !

Je peux bien rêvasser un peu pendant ce dîner prétendument donné en mon honneur mais dont la vedette est encore Benoît Delamare, qui déjà avait gâché la soirée chez Marraine et qui se trouve être la nouvelle coqueluche des d'Audignon. Il ne m'a pas reconnu, je ne l'ai pas oublié : petit, rond, déjà chauve, très bien habillé, il sort de l'ÉNA et de Normale, pantoufle (c'est lui qui le dit) au Conseil d'État et vient de rejoindre le parti socialiste qui le présentera dans quatre ans à Versailles :

– Il est temps quand même d'apporter un peu de solidarité et d'égalité à Versailles. Versailles, ses scouts, ses lodens, ses catogans, ses grands-messes, ses familles nombreuses.

– Comment pouvez-vous représenter vos électeurs, si vous les méprisez ? demande Mimi de Pen Hoël.

– Je ne méprise personne. Mais il faut du métissage, du vivre ensemble, de l'utopie, débloquer la société, débloquer la bourgeoisie, libérer les serre-têtes.

Il rit, ses yeux roulent autour de la table pour juger de son effet.

– Mais vous savez, insiste Mimi, qui n'a pas souri, toute société embrigade. Qu'elle soit communiste, bourgeoise, libérale, militaire, religieuse, tout ce que vous voulez.

– Bah, fait-il, Giscard et Chirac ont beau être aux affaires, ils représentent le vieux monde. Tout cela va changer. Comme le disait César, *« Gallos novis rebus studere et ad bellum mobiliter celeriterque excitari »,* n'est-ce pas ? Je traduis pour vous, mesdames : Les Gaulois en général aiment le changement et sont prompts à partir en guerre.

– Vous êtes bien bon, m'sieur Delamare, dit Mimi en battant des cils, car je ne parle pas le marseillais. Mais j'aime aussi beaucoup Raimu. Je ne connaissais pas ce passage de *César*. Mais j'aime bien quand il dit que l'honneur, c'est comme les allumettes, ça ne sert qu'une fois. Alors, oui, vive César ! Et ce pauvre Pagnol qui vient de mourir, c'est bien triste, allez ! Si je ne suis pas privée de mes droits civiques d'ici là, je voterai pour vous.

Puis, elle se retourne vers Vincent de Pen Hoël en faisant le geste de lui envoyer son verre de vin à la figure. Cette fille me plaît, seule vivante de la soirée. Tous les autres sont au garde-à-vous devant Delamare, qui continue de pérorer :

– J'ai une petite qui me fait du porte-à-porte. J'ai pris ce que j'ai trouvé. Vous la connaissez certainement. Une fille à moitié italienne. Vive le métissage ! Tout le monde lui est plus ou moins passé dessus, paraît-il. Sauf moi : je ne veux pas abîmer le matériel. Enfin, je veux dire le personnel. Le temps est encore long : quatre ans avant les législatives. La petite fait du démarchage avec tracts et professions de foi.

– Je me demande si vous êtes bien prudent, Benoît, dit Charlotte. Nous connaissons cette fille, en effet. *(Coup d'œil vers Thierry, qui rougit violemment et baisse les yeux.)* Méfiez-vous d'elle. Elle est dangereuse. Vous savez qui sont ses parents, n'est-ce pas ?

– Euh… non, pas du tout. C'est que je suis nouveau à Versailles.

– Eh bien, continue Charlotte qui, toute à sa passion, n'a pas écouté la réponse de Delamare, elle a de qui tenir. Elle est pire qu'eux, je crois. *(Nouveau coup d'œil à Thierry, toujours cramoisi, et qui n'a pas relevé la tête.)*

– Bon, merci, fait Delamare, qui n'a rien compris. Les Versaillais sont une étrange tribu, vraiment. Aussi curieux que les Atrébates, les Viromandues, les Atuatuques, les Usipètes ou les Tencthères, à qui César – Jules, Mimi, pas Raimu ! – a flanqué une raclée.

– Sans oublier les Helvètes, dis-je, à qui il a flanqué une raclette.

Ce qui ne fait pas rire, mais détourne la conversation de la politique vers la cuisine de Charlotte, devant laquelle on s'extasie, « délicieuse ! divine ! je voudrais la recette » et toutes ces choses que l'on dit à table lorsqu'on s'ennuie.

Je laisse, dans un nuage de fumée, passer le visage de Coquelicot qui n'a rien à faire parmi les dames calmes que sont devenues mes amies.

Delamare profite de la faiblesse de d'Audignon, troublé par l'évocation de Coquelicot, pour nous infliger une envolée sur la Déclaration des droits de l'homme, dont l'idée est, selon lui, née à Versailles, ce qui en fait une ville de gauche. Et même une ville-monde. D'où une belle intervention de Vincent de Pen Hoël, dans le genre ronchon :

– Oui, enfin, c'est bien, grommelle-t-il. Enfin, très bien, n'exagérons rien : c'est pas mal. Mais je ne vois pas ce que ça ajoute aux Évangiles. Ou aux Dix Commandements. C'est pour les bigots anticléricaux. Ou pour les gens sans culture. Merci bien, je vous la laisse, votre Déclaration. Et méfiez-vous : Versailles a toujours détesté les parvenus.

En principe, d'Audignon aurait dû enchaîner, en

rajouter, évoquer les guerres de Vendée, la Commune et sortir l'apprenti socialo à coups de pied au cul, comme on doit faire de toute bonne maison où l'on se respecte. J'ai le chagrin de voir que d'Audignon n'en fait rien. Certes, il a un devoir d'hospitalité, mais tout de même. Non seulement il reçoit ce con en présence de ses amis, mais il le laisse se répandre. Il ne lui vole pas dans les plumes. Il ne le provoque pas en duel. Pire, il lui ressert du vin et est aux petits soins pour Delamare, qui regarde avec mépris Vincent de Pen Hoël, lequel, parce qu'il se sent abandonné et qu'il veut être à la hauteur de Mimi, en rajoute :

– C'est comme votre *Marseillaise*. Une horreur. La musique comme les paroles, quel mauvais goût ! C'est d'un plouc ! J'ai toujours envié les nations qui avaient su choisir leur hymne mieux que nous n'avons su le faire. Quand je pense qu'à une voix près nous aurions eu *La victoire en chantant* ! C'est à pleurer. Je sais bien que des gens sont morts pour *La Marseillaise.* Ça n'en fait pas pour autant un chant sacré. Ils sont morts pour la France, pas pour la chanson. Moi, si j'étais footballeur, je ne chanterais pas *La Marseillaise.* Je trouve d'ailleurs ridicule de jouer les hymnes dans les enceintes sportives. Pourquoi pas au Festival de Cannes ? Au Festival d'Avignon ? Ou chaque fois qu'un homme d'affaires signe un contrat à l'étranger ? À chaque représentation de l'Opéra de Paris ou de la Comédie-Française ? À chaque séance du Parlement ou de l'Institut ? Elle deviendrait un peu *pouët pouët*, votre *Marseillaise.* Les footballeurs qui ne chantent pas *La Marseillaise* font preuve de respect : ils sentent que ce n'est ni le lieu, ni l'heure, ni l'occasion de chanter les hymnes.

Mais cette fière tirade qui, jadis, eût donné le coup d'envoi à un feu d'artifice, tombe à plat.

J'aurais dû quitter la table, mais j'avais faim et, sitôt rassasié, n'attends que l'occasion pour filer sans saluer mes hôtes.

Je suis rattrapé dans le parc par Maxime Pouquet. Ce fils de famille s'apprête lui aussi, par opportunisme, à rejoindre le parti socialiste. Dernière cigarette sous les tilleuls de La Lueur, assis sur le capot de nos voitures. Il est aussi triste que moi :

– Tu es injuste, Amblard, me dit-il. Que veux-tu que nous fassions d'autre qu'une carrière ? Nous n'avons aucun talent. *(Il a un sourire sans gaieté, plutôt une grimace.)* Même pas celui de ne rien faire. Une carrière, après tout, c'est comme un jeu. *(Il hausse les épaules.)* Nous poursuivons les jeux de notre enfance. *(Léger soupir, puis une brusquerie soudaine dans le regard.)* Mais, cette fois, c'est du sérieux, tu vois. On y croit. On y croit, tu peux le comprendre, ça ?

7

> Quand tu as décidé d'habiter Versailles, tu as la puissance et la fragilité d'une feuille d'or. Tu es insaisissable. La légèreté même.
>
> Geneviève Dormann, *Mickey, l'ange*

Jamais je n'ai mieux aimé Versailles qu'au lendemain de ce dîner à La Lueur où j'ai vu que mes amis m'étaient devenus indifférents.

Versailles où je suis né sans le savoir, où j'ai grandi sans le vouloir, m'a rendu alors le service de me sentir aimé, justifié, compris.

Devant dîner chez mes parents, j'annonce, en digne fils, que j'apporte le dessert : une tarte de chez Firmin. J'ai du temps, j'aime la fin du mois de juin avant la débandade des vacances, je vais le nez au vent dans cette ville parfaite, inchangée, ancienne et toujours neuve.

C'est parce qu'elle aime la tradition que Versailles semble fraîche. Le décor en est immuable, les acteurs renouvelés à chaque génération, et répétant tour à tour les mêmes drames et comédies. Si l'on évite les autocars de la place d'Armes le week-end et les militaires en retraite dans les dîners en ville, Versailles est une des villes les plus belles du monde. Elle vit dans les chefs-d'œuvre, c'est-à-dire dans l'intimité des artistes qui les ont créés, dans les battements de leur cœur, dans le fil de leur pensée, dans leur folie maîtrisée. Ces artistes sont là, toujours agissant sur nous par leurs œuvres. Grâce à eux, Versailles n'est pas, comme le disait hier sottement Delamare, une ville bourgeoise, c'est une ville extravagante.

Le bourgeois, c'est le convenu, l'ennuyeux, le prévisible, la préservation de l'acquis : tout ce que j'ai vu hier chez mes amis. Versailles en est le contraire, renaissante à chaque instant de l'éclat d'un toit, la fraîcheur du Bosquet de la Salle de Bal, quelques notes de Lully échappées des fenêtres d'une salle de musique, l'odeur de colle chaude d'un atelier d'ébéniste ou la venaison du marché Notre-Dame en automne. Tout cela très ancien et très neuf.

On dirait que tout, dans cette ville, se prépare pour une fête, ce soir ou demain ; et que cette fête aura lieu si nous savons l'inventer, c'est-à-dire regarder, entendre, sentir, toucher, goûter. Tout ici invite au plaisir de vivre parce que l'empreinte des artistes qui ont créé Versailles est toujours vivace. Il suffit de se laisser porter, ce que je fais en marchant comme un fou.

Les arbres du boulevard de la Reine et leurs feuilles au parfum sucré. Le grand air, les larges avenues, la gaieté des gens, tout cela me rend à la fois serein et gourmand. Comme quand on voit la vie des autres au cinéma. Je suis en vie et je suis en ville : ai-je besoin d'autre chose ?

Je marche au hasard. Parfois, on me salue, je réponds sans trop savoir à qui. Tous me connaissent depuis l'enfance. Dieu merci, ils sont chargés de paquets, pressés, ne s'attardent pas. Serais-je capable de soutenir une conversation ?

Vivre dans Versailles n'est pas indifférent. Cette ville nouvelle, faite pour l'amour et par amour, mais aussi pour la grandeur, la représentation, la domestication, la civilisation poussée jusqu'au plus haut degré de perfection, en est comme enivrée. Versailles a tiré du passé ce qu'il avait de meilleur.

Versailles n'est tournée vers le passé que pour mieux s'occuper d'en prolonger les vertus dans le présent : ici, « moderne » fait référence aux quatre cents dernières années, et l'esprit d'enfance qui court dans ses rues est riche de bien des promesses.

Les Versaillais ont vraiment quelque chose à part. Pour eux, le roi est toujours là. Il peut les appeler n'importe quand, pour toutes les aventures. Ça les rassure et les fait vivre un peu plus haut que les autres. Que les Parisiens, d'abord : ces banlieusards. Que les provinciaux, ensuite : ces campagnards.

En passant, je jette un œil, théâtre Montansier, sur l'affiche du nouveau spectacle de la mère Tassencourt. Je lui dois une grande émotion, il y a quelques années : une représentation du *Maître de Santiago*, vue encore l'année suivante à la Comédie-Française, avec Michel Etcheverry et Ludmila Mikaël. Don Alvaro, un homme selon mon cœur, qui renonce par idéal à l'or et à la carrière, et par honneur aux honneurs. Voyons ce qu'elle propose. Allons bon, encore une pièce de Thierry Maulnier avec des élèves du conservatoire de Versailles. Merci bien. Fanny Cottençon, Catherine Frot, Muriel Mayette, Pierre Pradinas, François de Mazières. Qui sont ces gens ? Des starlettes et des play-boys dont personne n'entendra plus jamais parler. Bah ! si ça les amuse ! Ils font quelque chose de leur vie, je ne veux rien faire de la mienne, sinon en goûter chaque instant. « Roule, torrent de l'inutilité ! »

Que puis-je en dire à mes parents, tout à l'heure ? Comment puis-je, sans leur faire trop de peine, imposer ma décision ? Comment dois-je me comporter ? Je ne l'ai jamais appris. Aucun exemple autour de moi. Des affaires d'adultère (qu'est-ce d'autre que mon histoire ?), je n'en connais qu'au théâtre de boulevard, loin des pièces que monte Marcelle Tassencourt.

Telle est donc la situation dans laquelle je me trouve :

du théâtre de boulevard, où l'on vous fait rire là où on devrait pleurer.

Je ne peux pas rire, mais je ne veux pas pleurer. Je me promène dans Versailles, où tout est déjà arrivé. Mes pas me conduisent, comme lorsque j'étais enfant, vers la Geôle, endroit de consolation où quelques-uns des meilleurs antiquaires de France regardent passer les gens et savent, en un clin d'œil, repérer le possible client, ce qui les conduit souvent à dédaigner les autres, et les fait passer pour snobs, ce qu'ils ne sont pas. Enfin, pas tous.

La Geôle, c'est le rendez-vous des fantômes révélés par Saint-Simon. Chaque fois que j'y viens, je me dis que je suis chez la duchesse du Lude, « basse et rampante sous la moindre faveur, et faveur de toutes les sortes » ou chez Mme de Miossens, « qui faisait peur par la longueur de sa personne ». Que je bavarde avec le fils de Ponchartrain, éborgné par la petite vérole, aveuglé par la fortune, et qui convoite une héritière de la maison de La Trémoille. Que je m'amuse avec Mme de Florensac, ancêtre de Marraine qui, tout comme elle, « fit bien des passions, et fut accusée de n'être pas toujours cruelle ; d'ailleurs la meilleure femme du monde, la plus douce et la plus simple pour sa beauté ». Ou que je ris de la fille de Mme d'Alègre, « rousse comme une vache, avec de l'esprit et de l'intrigue, mais avec une effronterie sans pareille, qui se fourra à la cour où, avec les sobriquets de *la Blonde* et de *Vaque-à-tout*, parce qu'elle était de toutes foires et marchés, elle s'initia à beaucoup de choses, fort peu contrainte par la vertu, et jouant le plus gros jeu du monde».

Tous ces gens dont parle Saint-Simon, qui furent si importants voici trois siècles – c'est-à-dire hier –, et dont les noms ne disent plus rien qu'à quelques spécialistes et deux ou trois vicieux.

Que diront, dans un siècle ou trois, les noms des amis que j'ai vus hier – d'Audignon, Pouquet, Dumain, Pen Hoël, Bailly, Delamare –, qui ne se soucient que de leurs intrigues et de se faire une place dans un monde dont, tout à leurs manigances, ils négligent les beautés ?

Que sont ces manigances face à ce soleil qui luit, à cet enfant qui rit, à cette femme qui passe et qui sont les vraies splendeurs du monde ? Ce monde, ne vaut-il pas mieux y passer en visiteur sans rien dire ni déranger personne ?

J'ai raté ma jeunesse parce que j'y ai suivi – dans ces années de formation où vous vous déformez – les allées qu'on avait ratissées pour moi. Puis, j'ai rencontré Coquelicot, que j'ai perdue, que je veux retrouver.

De la Geôle, je passe l'avenue de Paris et me dirige vers la cathédrale Saint-Louis où je me suis marié voici deux ans – trois siècles. J'entre. Aussitôt, je me sens mieux. Cette brave église si rassurante, lieu de souffrance et de vérité éternelles, me rend à nouveau léger et joyeux. Je me rappelle la foi simple et tranquille de mon enfance. L'évidence. Les fêtes qui reviennent, rythmant la vie, du baptême à l'extrême-onction. Qu'est-ce qui m'a détourné des églises ? Juste un peu de snobisme sans importance et la bêtise – éternelle aussi sans doute – du haut clergé français, l'abbé Vallery-Radot, le père Donval, le père Grognet, le chanoine de Martel et quelques autres bons curés mis à part.

Dans le calme de la cathédrale, je ne prends aucune résolution. Je ne prie pas. Je suis là, tout simplement, dans la fraîcheur, le parfum d'encens et de pierre froide, la lumière tremblante dans la poussière des vitraux. Je me sens apaisé par cette vieille église où j'ai été baptisé, où j'ai fait mes communions, où j'ai confié dans l'ombre et la terreur des péchés qui n'étaient rien en comparaison de ceux que j'ai commis depuis que je ne me confesse plus, où je me suis marié (Mon Dieu, pardonnez-moi !), où j'ai tellement bâillé, aussi, pendant les événements mondains qui s'y sont succédé, dans ce marmonnement des prières qui laisse si peu de place à Dieu.

Mais qui suis-je pour parler ainsi ?

Et, d'un coup, j'ai faim. Là, dans la cathédrale. Une faim féroce.

Le pâtissier dont toute la ville raffole a ouvert boutique non loin de la cathédrale et du parc du château, dans un décor vert d'eau, gris tourterelle et pourpre, treillages et bagatelles, osier et ombrelles, dentelles et oiseaux dans la charmille : un cadre tellement désuet qu'il est devenu à la mode.

Aux dîners de Versailles, on apporte douceurs et chatteries de chez Firmin, devenu le pâtissier en vogue, si raffiné, délicat et inventif malgré sa carrure rustaude de bon gars normand et son manque de conversation. Firmin est un pudique qui parle la langue de chat.

Lui aussi, je le connais depuis l'enfance : son père avait ses comptes chez mon père, et Firmin nous est resté fidèle.

Il a transformé en salon de thé le bistrot paternel. Bonne manière pour lui d'en virer les habitués qui, toute son enfance – sa chambre était juste au-dessus, il ne pouvait dormir –, lui avaient cassé la tête. Ces braillards qu'il avait dû fréquenter – toujours des récriminations, des avis sur tout, des considérations – avaient engagé Firmin à se taire, ne rien commenter, surtout, ne se mêler de rien d'autre que de ce qu'il aimait : créer pâtisseries, confiseries et friandises.

À la tentation de me retirer du monde succède celle de m'y montrer et de m'étourdir ; à la rigueur janséniste, une frénésie de frivolités.

J'ai envie d'un salon bruissant de dames élégantes, qui se racontent les malheurs des autres pour mieux faire resplendir leurs bonheurs et viennent montrer leurs nouveaux habits à la bonne société.

J'ai faim d'une tarte fine aux pommes, douce et croustillante, dont le caramel tiède grince et craque sous la dent et coule sur la langue pour s'épanouir dans le palais. Avec un peu de glace vanille.

À peine installé au milieu de ces dames qui me regardent avec attendrissement, je la vois passer devant la vitrine, un paquet dans les bras, serrée dans un court manteau noir.

Ça n'a pas l'air d'aller. Son petit air chiffonné. Elle longe le salon de thé en regardant ses pieds. Son œil traîne dans la vitrine et, d'un coup, s'éclaire. Elle sourit. Un large sourire. Comme une lumière.

Ce qu'elle a vu, Firmin le sait ; la cause de son sourire, il l'a comprise : « Feuille d'amour », murmure-t-il, comme en extase. Il est debout près de moi, nous avions commencé à bavarder. Comme moi, il a regardé la jeune femme. Sans la quitter des yeux, il répète : « Feuille d'amour. » Je manque de lui répondre : « Non, c'est Coquelicot », mais il ajoute aussitôt :

– Tu vas voir, elle va entrer. Impossible de résister à la feuille d'amour. Une de mes créations qui plaît le mieux depuis un an. J'en sors une par saison, et la feuille d'amour d'été vient d'arriver. C'est ce qu'elle a vu en vitrine. Tu vas voir.

De fait, nous sentons chez Coquelicot s'opérer comme un combat. Un duel. Un duel d'elle contre elle. Doit-elle entrer ? Doit-elle poursuivre la tâche pour laquelle elle est sortie ?

Nous regardons le front de Coquelicot faire des vagues. Puis, le désir l'emporte. Elle entre dans le salon de thé, secoue la tête, sourit à tout le monde, ne voit personne, sa joie augmentée par sa culpabilité, l'hésitation qu'elle a vaincue, la résolution qu'elle a prise.

Firmin s'avance vers elle :

– Seulement la feuille d'amour, madame, se savoure à table, et non en marchant dans la rue. Je peux vous l'emballer si c'est pour déguster chez vous. Je ne vous la conseillerais pourtant pas en dessert, plutôt pour le goûter ; ou encore un peu rassise au petit-déjeuner. Mais si vous avez le temps, je peux vous la servir ici avec un verre d'eau fraîche ou une tasse de thé de Chine. Pour marcher dans la rue, nous avons des viennoiseries. Tout au beurre fin.

De nouveau, des vagues sur son front. Doit-elle partir ? Doit-elle rester ? On sent qu'elle va dire : « Mais vite, alors ! », et qu'elle se ravise.

On la conduit au salon de thé, à l'arrière du magasin, dans une véranda prolongée par une terrasse donnant sur le Potager du Roi.

Je la retrouve telle que je l'ai quittée il y a deux ans mais, pourtant, une sorte de pudeur m'empêche de courir vers elle, qui s'offre un moment de plaisir que je viendrais troubler.

Coquelicot est assise très droite à une petite table ronde nappée de lin brodé. Fauteuil de fer. Thé de Chine. Et la feuille d'amour d'été.

Elle s'apaise. Comme si des mains fraîches s'étaient posées doucement sur son front brûlant.

Je me rends compte que je la regarde pour la

première fois sans qu'elle s'en doute. Non seulement je la retrouve aussi belle, excitante, délicieuse et désirable que dans mes souvenirs, mais ce que je sais de ce qu'elle a vécu à cause de ses parents, sa solitude, son désarroi, son courage, le cran qu'il lui faut, encore aujourd'hui, pour simplement vivre droite parmi les médisances et les regards moqueurs, tout cela me donne à la fois l'envie de pleurer, de la prendre dans mes bras et d'assister à son triomphe.

Bien sûr, je me contente de la regarder bouche bée, sans rien oser entreprendre.

Vingt minutes plus tard, elle repart en chancelant, presque grise, en se cognant à la porte.

Et en oubliant son paquet.

8

Le lit.
On y naît, on y meurt.
Pourquoi n'y vivrait-on pas ?

Jean Mistler

Or, sitôt que l'un d'eux goûte à ces fruits de miel, il ne veut plus rentrer ni donner de nouvelles.

Homère, *Odyssée*, chant IX

– Olivier est terrible ! dit l'autre soir Isabelle Dumain au dîner de La Lueur : il lui faut sa partie de tennis. Sans quoi, il est insupportable !

Chacune de ces dames en rajoute : à Pouquet, il faut son parcours à Saint-Nom, à Pen Hoël sa régate à l'île aux Moines, à Bailly sa partie de chasse, le tout dans les éclats de rire, « mais c'est comme ça qu'on vous aime », conclut même quelqu'un, peut-être moi.

Pour moi ni chasse, ni régate, ni golf, mais le besoin de faire l'amour avec Coquelicot. Plaisir de l'esprit autant que du corps, et je ne vois pas à quel titre je m'en priverais. C'est une liberté, un jardin secret, un sas. Il y a là un aspect de ma personnalité – peut-être le meilleur – que je ne peux développer que par elle, avec elle et en elle.

Néanmoins, ayant été éduqué, c'est-à-dire formaté, j'ai besoin de raisonner. L'élan qui me pousse vers Coquelicot est naturel mais, n'y résistant pas, je trompe ma femme, ce qui est une rupture de mes engagements civils et religieux. Je dois donc justifier par la réflexion une conduite spontanée. Cela montre que je n'ai pas la conscience tranquille.

Et ça me gêne.

D'une manière générale, je ne suis pourtant pas très porté sur la culpabilité. Ni sur ce qui lui est lié : la responsabilité. Je trouve de l'agrément à mes après-midi avec Coquelicot, elle aussi. Que nous soyons l'un et l'autre engagés ailleurs nous effleure sans nous arrêter. À qui volons-nous les caresses et les baisers que nous nous offrons ? Que faisons-nous de mal ? Et à qui ? Nous conversons, voilà tout. Nous sommes nus dans un lit, et alors ? Converser tout nus ou bien elle dans une robe de Jean-Louis Scherrer, moi dans un costume Renoma, quelle différence, au fond ? Converser dans un lit aux draps froissés ou sur une bergère Louis XV, qu'est-ce que ça change ?

Il y a une chose, au moins, que j'apprécie : par ces sensations de liberté, d'audace, d'abandon et d'innocence qui nous poussent l'un vers l'autre, nous ne pouvons nous mentir.

D'ailleurs, Coquelicot fait toujours une courte prière avant chacun de nos ébats. On ne ment pas lorsqu'on parle à Dieu.

Nous nous voyons deux fois par semaine à l'Auberge de la Forêt. J'y ai retenu la chambre 20 jusqu'à Noël.

Nous arrivons pour déjeuner, déjeunons puis nous retirons pour l'après-midi. Vers seize heures, nous sonnons pour qu'on nous monte de la limonade ou du thé ou des brioches, le tout déposé devant la porte après que le garçon y a gratté gentiment. Tout cela enivre Coquelicot qui, cependant, a des principes : le garçon ne doit pas participer à nos conversations, bien qu'il nous l'ait proposé à plusieurs reprises.

– Nous allons finir par le vexer, dis-je.

Mais je n'y tiens pas non plus.

Est-ce lui qui a pris les photos de Coquelicot et de Thierry ?

Un soir de forte pluie, je propose à Coquelicot de rester. Près d'un feu de bois, nous dînons aux bougies de côtelettes d'agneau, de fraises et de vin chaud. Elle, affolée de n'avoir rien à se mettre. Mais on ne s'habille pas à l'auberge, et nous passons encore une nuit ensemble :

– C'est très important pour moi, Amblard, dit-elle.

Je prends ça très au sérieux. L'amour est – comme tu le dis très bien – un exercice du corps autant que de l'esprit ou des sentiments. Nous avons avantage à oublier tout ce qu'on nous a seriné pendant des siècles, et qui a rendu les gens si malheureux. Les femmes, notamment. On nous enseigne à bien nous tenir à table, au bureau, au salon, dans le bus ; et au lit, alors ? On nous apprend à bien nous tenir en société, sauf dans la plus délicieuse des sociétés : celle de notre amant. On nous répète qu'il faut goûter à tout et je veux goûter à tout. À tout ce qui me tente, du moins. En amour, nous sommes des autodidactes. Moi, je suis curieuse de tout et gourmande de tout essayer. À une condition : n'en parler à personne. Je déteste les conversations de troufionnes auxquelles trop de bonnes femmes condescendent pour se dire libérées. Elles singent les mecs dans ce qu'ils ont de pire. Le sexe est un langage que je veux apprendre. Je veux être une bonne maîtresse comme Firmin est un bon pâtissier. Pour mon plaisir, d'abord ; et pour celui de mon prochain, voilà pourquoi je me recommande au Bon Dieu. Ne ris pas, Amblard, c'est très sérieux, pourquoi ris-tu, idiot ? Je ne veux rien savoir de toi. Je ne veux pas savoir ce que tu fais dans la vie, ni ce que tu penses, ce que tu espères ni qui tu vois. Je ne veux rien connaître de tes opinions ni de tes croyances. Je ne veux pas savoir où tu habites. Un jour, peut-être, nous n'aurons plus rien d'intéressant à nous dire, nous cesserons de nous voir. Comme nous l'avons déjà fait. Et nous nous oublierons, peut-être. Nous ne nous reconnaîtrons pas lorsque nous nous croiserons dans la rue. Ce qui est du lit reste au lit. Nous sommes ici dans un monde à part. Si tu es d'accord, viens.

Coquelicot a raison : c'est une conversation. Une conversation où l'on se tait, quel repos ! Traîner au lit avec une dame aimable est une sagesse : on n'y a besoin de rien ni de personne d'autre. C'est aussi une plénitude, c'est-à-dire un paradis.

Une peau douce, des draps tièdes et froissés, pas trop de mots, quelques sourires et quelques gestes, où peut-on être mieux que dans cette langueur ? Avec qui puis-je être mieux qu'avec Coquelicot ?

Qui peut nous menacer ? Qui peut nous atteindre ? Nous ronronnons, Coquelicot et moi. Nous rions parce que nous sommes ridicules et heureux, elle sur moi, moi sur elle. Et que nous ne pouvons pas faire comprendre ce bonheur.

C'est parce que nous ne cherchons rien que nous ne perdons rien. Nous n'allons pas, comme le disait Bossuet, de l'appétit au dégoût ni du dégoût à l'appétit. Nous allons par nos sens à l'essence. S'envoyer en l'air, ça n'est pas autre chose.

Le plaisir bien réglé rend libre. Tel que le pratique Coquelicot, il se limite au plaisir sans entraîner sentiments, devoir, honneur, fidélité et tous ces carcans que la société nous inflige pour nous tenir et nous retenir.

J'aime l'innocence, l'ingénuité et l'opiniâtreté de Coquelicot. Elle est naïve, appliquée, volontaire. Voilà aussi pourquoi je n'ai parlé d'elle à personne.

Je n'ai parlé d'elle à personne, mais tout le monde me parle d'elle. Puis-je me taire plus longtemps ?

En laissant se répandre mes amis, en questionnant Marraine et, surtout, mes parents qui ont gardé la presse de l'époque, j'ai pu reconstituer l'affaire qui, depuis notre rencontre le soir de la visite de la reine Élisabeth à Versailles, a pu expliquer l'attitude de la femme que je désire et que, cette fois, je me mets à aimer avec passion.

Comme j'ai pu le voir dès nos débuts, ce matin où carte d'identité et photos avec d'Audignon ont glissé de son sac, Coquelicot porte un des noms les plus glorieux, les plus anciens, les plus diffamés de France. Tallemant des Réaux, Saint-Simon et Chateaubriand, bien sûr, mais encore Jean de Plessis-Vaudreuil, Aramon des Contours, Armel de Wismes, Jean Amyot d'Inville et Stanislas Beren en parlent dans leurs *Mémoires.* Ainsi que, tout aussi glorieusement, les récentes commères Manouche, Xaviera Hollander, Marthe Richard, Mme Claude et Roger Peyrefitte. « Que voulez-vous faire, dans la France d'aujourd'hui, avec des noms pareils ? m'avait-elle dit dès notre première rencontre. Autant porter des bois. »

Le dernier scandale est venu de son père, vieux camarade de Maurice d'Audignon, qui n'a jamais pu se remettre de la guerre, où il montre héroïsme et bravoure – dans la famille, la moindre des choses –, mais sans en être récompensé parce qu'à l'heure de la distribution des médailles il néglige de présenter sa poitrine. « Chez nous, dit-il fièrement, on monte au front, pas à la soupe. »

Il garde néanmoins de l'Épuration une amertume qui le jette dans la débauche, refuge des âmes tendres et désespérées. C'est le temps des luronnes, des lupanars, des voyages en Italie et du mépris soudain de la bonne société versaillaise qui, d'un coup, lui tourne le dos, lui qui en a été une des gloires.

– Maurice d'Audignon est l'un des pires, me dit Marraine. Non seulement il ne veut plus revoir son vieil ami, mais il se répand sur lui en calomnies. Un vrai salaud.

Coquelicot naît d'une liaison entre son père et une ensorcelante Napolitaine prénommée Antonia, qu'il épouse par bravade, parce qu'elle est belle, rieuse et habile.

Non seulement il l'épouse, mais il l'impose dans tous les cercles où elle met le feu. Bientôt, elle a tellement d'amants de toutes sortes – le temps, parfois gris à Versailles, lui fait garder le lit où elle s'amuse à recevoir des messieurs qu'elle lève le dimanche à la grand-messe –, qu'elle tombe enceinte sans trop savoir à qui elle doit ce cadeau.

Le cadeau, c'est Coquelicot.

Cette vie, somme toute heureuse et insouciante, aurait pu continuer si Antonia n'avait laissé à Naples un amoureux, Massimo qui, finissant par s'ennuyer d'elle, affronte les brouillards versaillais où il vient s'établir. L'idylle flambe de plus belle, et voici le printemps.

Un soir de mai qu'ils folâtrent, germe, dans ce qui sert de cerveau à l'amant, un plan que l'on pourrait qualifier de machiavélique si le Florentin s'était intéressé aux combinaisons amoureuses.

Raisonnons.

Ce qui intéresse Antonia : Massimo ; elle l'a.

Ce qui intéresse Massimo : plus qu'Antonia, l'argent. Il n'en a pas, mais le mari d'Antonia en a. Il lui en soutire donc un peu. Puis un peu plus. Puis un peu trop : le mari se cambre et refuse avec hauteur. Pour tout dire, son Italienne commence à l'agacer. Loin de se contenter de Massimo, elle continue de recevoir les plus agités des Versaillais. Ceux-là mêmes qui l'accablent de leurs sarcasmes.

Dont Maurice d'Audignon.

C'est alors que le pauvre mari, pourtant héros de la guerre et de la Résistance, va nourrir une vengeance assez minable.

Caché dans un coin secret de l'alcôve, invisible et

présent, il ne perd rien du spectacle qu'offrent Antonia et les mâles les plus remuants de la bonne société de Versailles et des alentours. Armé du Leica qu'il vient d'acquérir, il commence une collection de photographies dont il se dit qu'elle pourrait bien lui servir un jour.

Des photos très réussies. L'artiste souffre de ne pouvoir les montrer à personne : ayant installé un laboratoire secret dans un coin de son hôtel particulier du boulevard de la Reine, il les développe lui-même et les classe avec un soin de chartiste.

On murmure que cette collection, qui existe toujours, serait aujourd'hui confidentiellement conservée dans un grenier dérobé du musée Lambinet. La conservatrice au château, Pénélope Breuil, m'a dit l'y avoir vue.

Toujours est-il qu'un soir tout s'accélère et tout s'arrête. Antonia ne rentre pas. Sortie à Paris avec Massimo dans une boîte de nuit, elle téléphone à son mari et lui signifie, d'une petite voix enhardie par l'alcool, qu'elle va le quitter. Le mal du pays.

Elle veut rentrer à Naples avec Massimo. Il lui faut de l'argent pour le voyage. Elle n'en a pas. Et, d'un coup, elle se met à pleurer.

– Fort bien, dit le mari qui la convoque pour le lendemain soir.

– J'ai peur, Massimo, dit-elle en raccrochant. Il a été si froid. Si détaché. Il ne m'aime plus du tout.

Et elle s'effondre en sanglotant.

Dans la famille de Massimo, on a sa fierté : jamais on ne laisse une femme affronter seule un danger, même si elle l'exagère. Aussi, le lendemain, l'accompagne-t-il chevaleresquement au domicile conjugal où le mari, ayant donné sa soirée au personnel, les reçoit très aimablement – toujours aussi fraîchement, selon Antonia, qui lance des regards courroucés à Massimo – et, tout aussi aimablement, les exécute l'un après l'autre à l'aide d'un très joli Remington Pocket 1863.

Antonia, d'abord.

Massimo, ensuite.

Puis, il finit son whisky et se tue.

Coquelicot, alors âgée de quatorze ans, est en pension à Notre-Dame-des-Oiseaux, où elle a comme condisciples Isabelle Surgères, mes cousines Blamont-Chauvry et Saint-Sidoine, la petite Sabine d'Audignon, la grande Colette Pouquet et toutes les autres.

Du jour au lendemain, on la retire des Oiseaux. Placée sous la tutelle d'une bonne tante d'Étampes, elle ne revoit plus aucune des camarades chez qui elle passait régulièrement week-ends et vacances, poursuit, au collège Jean-Étienne-Guettard, une scolarité rêveuse, ne pose pas de questions, grandit dans l'apparence du bonheur et désarçonne les psychologues auxquels on la confie, qui ne lui trouvent aucun traumatisme à soigner, signe chez eux qu'elle est profondément atteinte, mais de quoi ?

Ce qui, dans cette affaire, choque le plus la société versaillaise est le suicide. Selon les conversations de l'époque, il est admissible de tuer sa femme infidèle et son amant, à condition d'affronter la justice et la guillotine, ce qui fait de la distraction aux survivants. Assassiner, soit ; se tuer dans ces conditions, c'est mauvais genre.

On voulut oublier, on oublia jusqu'à Coquelicot, qui grandit comme elle le put, en silence et en serrant les dents, et sans qu'on la voie trop parce qu'on regardait ailleurs lorsqu'elle passait.

Le lendemain matin, sortant de la baignoire, Coquelicot dépose, sur le dos de sa main gauche, un peu de cette crème qui sent la mangue fraîche et dont elle a toujours un flacon dans son sac. Avec le dos de la main droite, elle se masse lentement, remonte par le bras vers l'épaule, l'autre épaule, les seins, le ventre, les cuisses, les jambes et, peu à peu, ce parfum de mangue se mêle à l'odeur de son corps, de poivre et de lait, qui me chauffe le sang.

Pendant cette toilette, je n'ai pas le droit de la toucher, elle se mettrait en colère. Je ne me touche pas non plus, on sait se tenir, j'attends et je regarde un des plus ravissants spectacles que je connaisse : Coquelicot la paisible se passant de la crème en fronçant les sourcils. Appliquée, concentrée, soigneuse, puis elle éclate de rire, inutile d'en demander la raison, elle se fâcherait peut-être, et peu importe, elle rit parce que nous sommes heureux et je ris avec elle sans savoir pourquoi.

Je me sens comme un compagnon d'Ulysse voulant rester chez les mangeurs de lotus à ne plus rien faire d'autre qu'aimer, boire et manger, chanter aussi peut-être à voix basse des chansons tristes et prier le Bon Dieu, comme Coquelicot le fait avant l'amour.

Ce manque d'ambition que m'a reproché Marraine, que ne me pardonne pas Isabelle, est, pour Coquelicot, le plus noble, le plus élégant et le plus insolent des idéaux : se garder de se mêler au troupeau pour s'y tailler une place ou pire, pour en prendre la tête, fuir le puits public, le chemin fréquenté et rester à l'écart, avec des gens qu'on aime, en attendant la délivrance de la mort.

Auprès de Coquelicot, j'ai la sensation de me laver, d'être dans un bon bain chaud dont on répugne à sortir, de me détacher de tout ce qu'on m'a appris et qui m'empêche de vivre. Avec Coquelicot, je m'enlise dans la nonchalance et le sommeil, comme un chat.

Jeune fille, Coquelicot avait été entourée de camarades cherchant des gens de pouvoir. Éjectée, par les frasques de ses parents d'une société où tout lui était donné, elle s'était retrouvée déclassée, à la marge, parmi les affamées, avec cette différence : elle n'avait pas faim. Ou, du moins, pas cette faim-là, cet appétit de pouvoir, d'influence, de possession et d'étalage, tellement répandu. Mais elle avait remarqué, chez ses nouvelles amies, leur attirance pour les hommes sinon riches, du moins puissants. Des hommes à fumer ostensiblement le cigare sur des yachts. Pour elle, la pire des vulgarités.

La vulgarité n'étant ni dans les yachts, ni dans les cigares, mais dans l'ostentation : regardez comme nous sommes heureux et comme nous savons vivre.

De même, depuis ce temps, Coquelicot déteste-t-elle et a-t-elle toujours fui les personnes généreuses. Ces gens qui tiennent les autres par la glu de la gentillesse, le filet de la bienveillance, la laisse de l'empathie, les crocs de la reconnaissance. Faire le bien autour de soi lui semble le comble du mauvais goût, la plus énorme des insultes. Il faut, selon elle, faire confiance aux gens et les laisser se débrouiller : rien n'est impossible à qui sait exercer sa volonté.

Ce qui la rapproche du père Vallery-Radot.

– Je ne veux pas qu'on me dise merci, fait-elle. « Merci », quel mot horrible ! D'ailleurs, on dit « être à merci » pour « être vulnérable », as-tu remarqué ? Ce qui montre bien que ce mot est louche. Je veux rester libre dans une société qui veut me mettre au pas sous prétexte de vouloir mon bien. Le seul devoir est d'être heureux, et c'est du sur-mesure, pas de la confection, poursuit-elle en se levant de la baignoire et en marchant toute nue dans la chambre vers le miroir à trois faces – et, donc, à six fesses, quelle merveille ! – devant lequel elle s'habille lentement. Donc, qu'on me laisse m'occuper seule de mon bonheur, à ma manière. Quand on est heureux, on ne pèse sur personne. On est léger, ce qui est la plus sûre et la plus rapide manière de rendre les autres heureux. Au moins son entourage, et qu'importe le reste ?

Du lit de Coquelicot, je vois le monde tel qu'il est. Depuis que je suis né, la tension monte au Moyen-Orient, la Chine nous inquiète, l'Europe progresse par crises dans ce qu'elle a de plus inutile, les Corses s'agitent, on tue des vieilles dames et on enlève des petits garçons, la droite a peur d'être mal vue de la gauche, la gauche se prend pour le nombril du monde, personne n'a plus de talent nulle part, le niveau baisse et les Français râlent.

Le monde est-il vraiment ainsi ? Je ne sais pas. Mais si je le vois ainsi, alors il est ainsi pour moi et c'est dans ce monde que je dois évoluer. Ce que je refuse.

Dans l'incapacité de changer ce monde qui me déplaît, c'est moi que je dois changer.

Dans les bras de Coquelicot, j'ai compris ceci : je ne veux rien faire de ma vie. Rien. Le monde a commencé sans moi, il continuera sans moi pendant les quelques dizaines d'années que je passerai sur terre. Puisque je passerai ensuite quelques centaines d'années sous terre, autant commencer tout de suite. Faites comme si je n'étais pas là.

Lorsque je vois mes contemporains s'échiner à obtenir une place, une nomination, une décoration, les faveurs d'une femme ou même un siège dans un autobus bondé, je n'ai que l'instinct de me tourner vers le barman pour demander un autre *gin and tonic.* Pourquoi se donnent-ils tout ce mal pour une faveur dont ils s'aperçoivent, une fois obtenue, qu'elle ne les comblera pas, et en guignent aussitôt une autre ?

– Tu raisonnes en égoïste, Amblard, me dit Isabelle, définitivement rentrée de Washington avec des projets plein la tête. Il ne s'agit pas de cela. Il s'agit de faire quelque chose de sa vie. Quelque chose de bien, si possible.

– Ne rien faire de mal, c'est déjà faire du bien, non ?

Je l'ai invitée dans l'île Saint-Louis, à L'Orangerie, chez Jean-Claude Brialy. Aux tables voisines, Claude Chabrol et Stéphane Audran, Jacques Chazot, Roger Garaudy et Ludmilla Tchérina, Pierre Cardin et Jeanne Moreau, Marcel et Juliette Achard, peut-on faire plus parisien ? Isabelle est heureuse de retrouver la France, je suis heureux de la voir, c'est ma femme, après tout, et je ris tout seul en pensant à Coquelicot.

Mais revenons, Isabelle n'est pas d'accord avec moi :

– Ne rien faire, dit-elle, c'est être inutile et parasite. Il faut être utile. Les gens sont trop malheureux. Ça va péter, ajoute-t-elle en reprenant du foie gras.

– Bah ! les gens ont toujours été malheureux. Ils adorent ça. C'est souvent une manière de se donner de l'importance. Mais s'ils attendent leur bonheur des politiques, alors ils sont idiots. La société ne rend pas heureux. Ni par ses gouvernements, ni par son patronat, ni par les syndicats, les prêtres, la télé, les philosophes, les professeurs de yoga ou qui que ce soit. Leur faire croire ça, c'est se dessiner trop facilement une belle âme. Et c'est lâche.

– Mais enfin, Amblard, tu prétends m'aimer.

– Et c'est vrai !

Je suis sincère. J'aime cette femme. Isabelle Blamont-Chauvry, ma femme. Elle m'amuse.

– Donc, reprend-elle, si tu m'aimes, tu dois aimer ce que je suis. Et ce que je veux. Donc, tu dois me soutenir.

Je lève la main :

– Oui, ho ! je t'aime, je t'aime, c'est vite dit. Je dis quoi quand je dis ça ? Je t'aime parce que je suis bien élevé, parce que je suis lâche, parce que j'ai un esprit pratique et qu'il est toujours plus simple – je n'ai pas dit « facile » – d'aimer la femme qu'on a épousée. Mais je n'aime pas tout de ce que tu es.

– Donc, tu ne m'aimes pas.

– J'aime ce qu'il y a de mieux en toi : ton sérieux, ton énergie, ta gaieté, la façon dont tu te laves les pieds, ton sourire un peu crispé quand tu te demandes si je ne me moque pas de toi, comme en ce moment par exemple. J'aime tes colères, aussi. Mais la politique m'ennuie. Pire : elle me dégoûte. Et tu veux faire de la politique.

– Donc ?

– Donc, rien. Tu feras une carrière, tu emmerderas beaucoup de monde et tu te pavaneras à la télévision, mais sans moi. Tu vas entrer dans une de ces machines à fabriquer des cons que sont devenus les partis politiques, mais sans moi. Moi, je reste au bar et je ricane. L'élite française est une caste à part, Isabelle. Un frein. C'est à cause d'elle qu'on n'y arrive pas : elle bloque tout et tu ne pourras rien y changer. Quels que soient les sexes, les régimes politiques, les partis et les circonstances, les dirigeants français ont toujours été – au moins depuis les batailles d'Azincourt et de Poitiers, et peut-être même depuis Crécy et la bataille des Éperons d'or –, restent et resteront des gandins élégants et méprisants ne comprenant rien au pays qu'ils prétendent conduire. Avant la Révolution, on faisait tout passer avec de l'esprit, au siècle dernier on vantait le talent, aujourd'hui, on mise tout sur la compétence et l'expertise ; sous ces mots qui changent, Isabelle, c'est la même légèreté des mêmes gens. La morgue de ces gens, leur amour de l'abstraction, leur contentement d'eux-mêmes, la morsure de leur ironie, leur amour de la mode, leur incapacité à inventer : je veux éviter tout cela, Isabelle, sans me mêler à la course. Je suis non-partant. Après tout, je suis un ancien du 76e régiment d'infanterie. Sa devise est la mienne, *Fortiter resistendo,* « En résistant avec force ». Eh bien, je résiste avec force. Ce n'est pas par modestie, tu sais. Figure-toi que je me sens de taille à affronter tous tes copains et à faire une bonne petite carrière à la française. Après tout, je suis énarque et polytechnicien, comme notre président. Eh bien, la barbe ! Ou, comme on dit maintenant, *fuck* !

Je regarde Isabelle et ses yeux grands ouverts, excellente illustration du mot de Lucien Guitry selon lequel un interlocuteur est fait pour être interloqué.

Pauvre femme, c'est maintenant – plus qu'avec Coquelicot – que je la trompe vraiment. Mais ce que j'ai vécu depuis nos noces m'a convaincu que tout ce que j'aime dans la vie est incompatible avec les charges du mariage. Dans le genre « vieux garçon », je suis en train de devenir un chef-d'œuvre.

– D'ailleurs, Isabelle, le mariage exige la vie quotidienne. Et le quotidien tue le désir, tu le sais bien. On va répétant qu'il faut lutter contre l'extinction du désir par le quotidien, et si on se trompait ? Si c'était l'inverse ? Pourquoi lutter ? N'est-il pas bon que le désir s'éteigne, surtout entre deux époux ? Qu'en penses-tu ?

Je la regarde encore. Elle me touche. Elle se mord les lèvres. Elle semble affolée tout à coup. Quel salaud je fais !

Je me dis que je devrais consacrer ma vie à cette femme, tout faire pour la rendre heureuse, pour éclairer son visage. Mais je dois bien reconnaître ceci : j'ai la flemme. Le mariage me fait soudain l'effet de l'ascension du mont Blanc : la vue de là-haut doit être magnifique, mais quelle bavante pour y parvenir !

Je préfère rester en bas et imaginer le coup d'œil.

Et puis j'ai Coquelicot.

9

> Adieu la cour, adieu les dames
> Adieu les filles et les femmes (…)
> Adieu le bal, adieu la danse (…)
> Adieu regrets, adieu tourments
> Adieu la lettre, adieu le page
> Adieu la course et l'équipage
>
> Clément Marot

Non seulement je n'ai pas honte de la décision que j'ai prise, mais j'en suis fier. Sans qu'on leur demande leur avis, les rois succèdent aux rois. Pourquoi les comptables ne succéderaient-ils pas aux comptables ?

Fondé par mon grand-père, le cabinet Blamont-Chauvry s'enorgueillit d'une influence réelle. Plus grande que celle qu'un ministre, peut-être ; qu'un conseiller de ministre, certainement. La conjoncture est encourageante pour des gens comme nous.

Le cabinet Blamont-Chauvry doit prendre part à

l'essor de Versailles, à la création d'entreprises, à l'attractivité d'une ville qui doit montrer aux millions de visiteurs qui s'y rendent chaque année qu'elle est bien autre chose qu'un château. Ajoutons que la cession par l'armée des soixante-cinq hectares de Satory permettra le développement d'un nouveau quartier, le « huitième quartier », auquel nous pouvons nous associer. Ce qui m'excite plus que les calculs de mes camarades pour miser sur le cheval qui se dirigera vers l'Élysée.

Ce faisant, je suis fidèle à Mai 68, que j'ai tant aimé. Loin d'être un mouvement révolutionnaire, il a été, selon moi, un rappel aux bonnes vieilles valeurs fondamentales : liberté, joie, plaisir de ne rien faire.

Mai 68 est un salutaire mouvement réactionnaire. C'est Jeanne la Folle dans *Le Cardinal d'Espagne.* C'est mon cher Don Alvaro Dabo dans *Le Maître de Santiago*. C'est inciter à rester hors du monde tel qu'il se forme. C'est inciter à ne pas agir, à jouir comme on peut des plaisirs et des vertiges de la vie. C'est le défi de la sieste contre le défi américain.

La rébellion de la jeunesse, c'est peut-être tout simplement la flemme de s'y mettre : on se cabre une dernière fois pour tâcher de briser la charrette à laquelle on finit tout de même par se laisser atteler.

Mon idée est de me comporter comme un invité discret, qui dérangerait le moins possible, qui ferait honneur à ses hôtes selon son talent, mais sans toutefois déranger trop le pauvre monde.

Ne pas se reconnaître de génie, vivre avec tact, être

un héritier sans se prétendre un ancêtre, chanter les louanges d'une civilisation qui s'éteint, et dont on profite sans y avoir contribué, être le desservant d'un culte qui s'efface, tels sont mes principes. Je veux surtout ne pas être atteint par ce que j'appellerais l'amertume d'antichambre, c'est-à-dire le poison que se créent les gens qui ne se sentent pas traités selon leurs capacités ou leurs espoirs.

Il y a autre chose.

Je veux bien servir la France, mais les Français m'assomment. J'ai du mépris pour ces laquais grognons, sans finesse et sans grâce, mécontents de tout sauf d'eux-mêmes. Ils se croient Figaro, ils ne sont que Sganarelle. Laissez-les râler, vous les mènerez où vous voudrez. Pendant des siècles, la religion les a fait se tenir tranquilles. Puis, on leur a fait gober les fariboles révolutionnaires : progrès, égalité, solidarité, expansion de notre merveilleuse civilisation par les colonies, toutes ces foutaises y sont passées. La fichue tendre insouciance des braves gens, prêts à tout avaler pour partir en week-end.

Qu'ai-je à faire parmi eux ?

Pris un par un, ces gens sont idiots ; pourquoi seraient-ils intelligents ensemble ? Incapables de se débrouiller de leurs affaires privées, ils décident des affaires publiques. Nous leur demandons sans cesse leur avis. Pire, nous le suivons. Tout ce qui a été accompli de grand en France l'a été sans, voire contre les Français.

Qu'eussent donné la prise d'Orléans, le siège de La Rochelle, la bataille de Wagram ou l'appel du 18 juin 1940 analysés par Gallup ? Aurait-on construit Versailles, ou même la tour Eiffel, si on avait demandé son avis au peuple ?

Ce que je viens de dire est moche, je sais. Mais pourquoi me tairais-je ?

Il est tout aussi vrai que le Français est admirable, chevaleresque et sait faire preuve d'héroïsme avant de retomber dans son apathie. Mais je n'ai pas envie de diriger ma vie en bateleur d'estrade selon les sautes d'humeur du public.

Refusant les propositions d'Isabelle, je rejoins le cabinet Blamont-Chauvry, après mon arrière-grand-père, mon grand-père et mon père.

Voici ma carte :

Amblard Blamont-Chavry, promotion 1971
Agent de change
Opérations de Bourse
Études financières
Gestion de portefeuilles
Plan d'épargne des entreprises
Comptes d'épargne
Conservation de titres

Ce manque d'ambition laisse mes amis stupéfaits. Même d'Audignon, pourtant héritier, comme moi : « Mais, Amblard, je n'avais pas le choix moi, je suis le seul du nom. Tandis que les comptables, ça se trouve. »

Parce que j'ai sauté en marche du train qui les fait tourner en rond dans les hautes sphères, mes amis me méprisent. Je suis un raté et ils plaignent Isabelle.

Nous continuons de nous voir. Ils se moquent de moi. Ils passent d'un cabinet ministériel à un autre, d'un ministre à un autre, d'une couleur politique à une autre. Les ministres défilent, eux restent, plus préoccupés de leur propre carrière que de l'opportunité ou des résultats d'une politique qui, au fond, leur est égale tant qu'elle sert leurs intérêts. Nous entrons dans une époque où, par peur des électeurs, les politiciens se flattent de réussir une carrière sans régler aucun des problèmes pour lesquels ils ont été choisis : leur maintien au pouvoir passe avant tout.

J'y perds même Isabelle, folle de rage. Est-ce que je me moque d'elle ? Est-ce que je la vois en épouse d'expert-comptable ? Bientôt membre du Rotary et autres bonnes œuvres de Versailles ? L'abonnement au théâtre Montansier, les dimanches à la cathédrale Saint-Louis avant la sortie des enfants chez les scouts et le tour du Grand Canal à pied après le déjeuner chez belle-maman ?

Isabelle se montre furieuse, humiliée. Elle a fait des études brillantes. Licenciée de sciences économiques, diplômée de l'Institut des sciences sociales du travail, diplômée de Sciences po, élève de l'ÉNA et des Mines, membre de plusieurs clubs de réflexion. Ce n'est pas pour faire la bonne Versaillaise. Hors de question.

C'est facile de détruire un couple : il suffit que chacun reste soi-même. Moi, je veux, à la fin de ma vie, pouvoir me dire : « J'ai peut-être des défauts, j'ai sûrement fait des erreurs mais, au moins, je n'ai jamais été ministre. »

Elle me fait une scène effroyable à laquelle j'assiste d'un air las. Elle me reproche de lui avoir fait perdre du temps avec une relation qui ne menait à rien et que j'aurais dû lui dire que la seule ambition que j'avais était de reprendre la boutique de papa.

Je la regarde s'énerver comme on regarde un train qui part. Je me dis juste que je l'ai échappé belle.

Et elle aussi.

Isabelle est d'autant plus injuste que nous nous étions bien amusés tous les deux. Bientôt, j'oublierai Isabelle, mais pas les choses que nous avons vécues. D'où je conclurai, peut-être légèrement, que ce que nous faisons est plus important que la personne avec qui nous le faisons. Et, donc, que le plus important, c'est encore soi.

Troisième partie

UN SOLEIL, UN SOLEIL

Qu'est-ce donc que des jours pour valoir qu'on les pleure ?
Un soleil, un soleil ; une heure, et puis une heure,
Celle qui vient ressemble à celle qui s'enfuit ;
Ce qu'une nous apporte, une autre nous l'enlève :
Travail, repos, douleur, et quelquefois un rêve,
Voilà le jour, puis vient la nuit.

Alphonse de Lamartine, *Méditations*

Paressons en toute chose,
Sauf en aimant et en buvant,
Sauf en paressant.

Gotthold Ephraïm Lessing

Le caractère, source et principe de chaque destinée.

Jean Delay

1

J'aurais pu y aller à pied ; j'habite à côté. Mais, puisqu'ils m'invitent aux Trois Marches, les d'Audignon ont tenu à passer me prendre rue de l'Ermitage dans la vieille Range qu'ils utilisent pour transporter vélos, tondeuses à gazon, chevreuils, scouts et sangliers. Une voiture pleine de feuilles mortes et qui sent le chien, le cuir de botte et la fougère fraîche.

Thierry en Barbour et pantalon de velours, Charlotte dans cet inusable tailleur de tweed qu'elle doit tenir de sa grand-mère. Leur air, si versaillais, de rentrer de la chasse et d'aller au marché. Leurs mines en me voyant paré de mes plus beaux atours. Pour un déjeuner de retrouvailles, ça commence mal.

Depuis mon divorce, il y a vingt ans, nous ne nous voyons plus vraiment. Nous passons notre temps à essayer de nous retrouver sans y arriver. La corvée faite, nous nous quittons tout naturellement, dans cette amitié de rafistolage

Aujourd'hui, nous ne nous sommes pas vus depuis

deux ou trois ans. Ils ont quelque chose d'important à m'annoncer. D'où l'invitation.

– Pourquoi ne pas me le dire au téléphone ? avais-je demandé à Thierry.

Lui, embarrassé :

– Eh bien, ça nous donnera l'occasion de nous voir, Amblard. Il y a si longtemps. Nous passerons te chercher. Midi et demi, ça ira ?

Ils sont les plus vieux de mes amis. Les meilleurs, dirait-on par facilité. Thierry et moi nous connaissons depuis cinquante ans. Comme il ne nous est rien arrivé de fâcheux, nous pouvons nous dire heureux : de ce bonheur français d'aujourd'hui, qui consiste à soupirer après ce que nous n'avons pas encore.

Thierry d'Audignon est l'héritier, en lisière de forêt de Rambouillet, pas loin de ma maison de Condé-sur-Vesgre, de quelques terres (« Un lopin », dit-il ; en fait, trois cents hectares) et d'un château, La Lueur, dont la plus récente reconstruction date du dix-huitième siècle. Un domaine qui a résisté à tout parce que ses habitants, fidèles à l'esprit familial, ne se sont jamais mêlés des affaires du siècle, quelles qu'aient été les affaires, quel qu'ait été le siècle. Le temps a glissé sur les d'Audignon et, avec lui, toutes ses horreurs, massacres et bienfaits.

Comme Thierry, j'ai repris l'affaire familiale, plus modeste et plus rentable grâce à laquelle j'ai pu accompagner le développement de ma ville.

La société nous a portés, l'un comme l'autre. Nous ne lui avons pas demandé l'impossible puisque nous ne lui avons rien demandé. La vie que nous nous sommes faite correspond en tout point, pour le moment, à ce que nous en avons attendu : le service a été parfait. Nous avons vu le temps passer dans les yeux de nos enfants. Nous avons vu mourir ceux – son père, mes parents, Marraine, quelques chiens, chevaux et chats – qui étaient en âge de mourir. Mais nous avons le plaisir de vérifier, chaque fois que nous nous voyons, qu'il reste encore en nous un peu de notre enfance, et c'est avec les mêmes rigolades que jadis, au Sacré-Cœur ou à Saint-Jean-Hulst, que nous descendons de voiture devant l'entrée du Trianon Palace, où avait eu lieu le raout de mon mariage avec Isabelle Surgères, et où le voiturier se fait attendre.

Tout de même, je suis soulagé par la dégaine décontractée, un rien débraillée selon moi, des d'Audignon : on n'enfile pas un vieux chandail et des pantalons de velours pour annoncer des catastrophes. Nous ayant pris pour des cueilleurs de champignons qu'il hésite à diriger vers l'entrée de service, le voiturier nous dédaigne. Aussi, lassés de l'attendre, j'entre avec Charlotte dans le hall pendant que Thierry s'occupe de garer lui-même le carrosse :

– Viens à côté de moi, mon petit Amblard, minaude Charlotte d'Audignon en tapotant un coussin qu'elle me cale sous les reins. Viens à côté de moi sur la banquette, Thierry se mettra en face. *(Puis, après un regard à la fois circulaire et désolé, elle soupire :)* Regarde-moi ça. Ces grands hôtels internationaux. Partout les mêmes. Heureusement, je ne voyage plus. Mais on nous a bien changé notre Trianon. D'abord aux mains de Moon, puis de Japonais. Maintenant, cette atroce histoire de détournements de fonds. Nous n'y sommes pas revenus depuis que Gérard Vié en a repris les cuisines. C'est la première fois.

Pour être gentil, avec l'emphase d'un acteur du muet, je porte ma main au cœur, comme si je manquais d'air. Ce besoin chez moi de bien marquer mes sentiments. Surtout quand je m'en fous. Quand tu t'en fous, surjoue : ça marche toujours. Telle est ma pratique.

Et j'ajoute :

– Formidable !

Mais elle n'a pas écouté.

– Sommes-nous encore chez nous à Versailles ? poursuit-elle avec des coups d'œil vers la clientèle du restaurant. On est en droit de se le demander, Amblard, non ? Sommes-nous encore chez nous à Versailles ?

Je précise que Charlotte d'Audignon est native de Dijon, où elle a passé les vingt-deux premières années de sa vie, et qu'elle réside depuis plus de vingt ans à quarante kilomètres d'ici. De sa vie, elle n'a pas dormi une nuit à Versailles, où elle est toujours de passage.

– Bah ! Le monde entier se retrouve à Versailles, Charlotte. Comme toujours.

– Certes, concède-t-elle en se tournant vers moi, ce qui me permet de voir qu'elle a pris un coup de vieux. (Un peu de gras au cou, elle doit faire de la rétention d'eau). Certes, reprend-elle, mais avant nous étions ici chez nous ; aujourd'hui, nous sommes chez eux. Nous étions leurs hôtes, nous sommes devenus leurs clients. Je me demande pourquoi Thierry a voulu qu'on vienne ici. Quand le chef était à l'hôtel de Grammont, ça allait très bien. Mais depuis qu'il est au Trianon, il paraît que ça n'est plus ça. Enfin, nous allons bien voir. Mais que fiche-t-il donc ?

Elle aurait pu le demander au maître d'hôtel, mais elle préfère jouer les dactylos dissipées. Charlotte a beau approcher la cinquantaine, elle s'est peu à peu donné des manières de collégienne chatouillée, jusqu'à ressembler au portrait que sa belle-mère avait fait d'elle à ses débuts. Ce qui m'agace. Je ne dis rien, pourtant, et Charlotte, apercevant Thierry progresser dans le corridor en évitant de marcher sur les carreaux noirs, comme lorsqu'il avait dix ans (moi, ça a toujours été les blancs), s'excite :

– Ah ! Le voilà ! s'écrie-t-elle d'une voix si forte que quelques personnes se retournent aux tables alentour. Eh bien, monsieur, vous moquez-vous avec votre longueur, et ne voulez pas vite venir ici ? Heureusement, Amblard ne m'a pas quittée, dans ce lieu malfamé, mais il s'apprêtait à me faire des propositions embarrassantes.

Pour la jalousie, vous repasserez. La peste soit des maris !

– Excusez-moi, ma toute belle, répond Thierry sur le ton d'un valet de comédie. Mais le voiturier s'est embrouillé avec les clés. Nous risquions de devoir repartir avec la Porsche d'un publicitaire.

– Fi donc la pécore ! Des publicitaires, ici ? fait Charlotte en se signant et en gloussant comme une luronne du Rotary. Des publicitaires, mon Dieu ! Pourquoi pas des gens de télévision ? Qu'on les envoie en cuisine !

Et nous voici tous les trois à rire. Les d'Audignon franchement, moi servilement, un peu au-dessous, en invité. Moi, rire de basse, Thierry de basset : il ne rit pas, il jappe. Charlotte, cristal de colorature. On dirait un air de bel canto.

Nous nous époumonons jusqu'au moment où nous nous rendons compte qu'on nous regarde, et d'un air mauvais. Aux Trois Marches déjeunent des hommes d'affaires, élégants et froids, dont quelques-uns sont de mes clients ; de vieux couples semblant sortir en tremblotant des anciens jeudis de Marraine ; de douces grands-mères se donnant avec emphase des nouvelles de leur descendance, comme si les succès de leurs petits-enfants étaient les leurs.

Mais encore la nouvelle génération des triomphateurs du jour : publicitaires voyants, gens de télévision pleins d'eux-mêmes, politiciens de carton-pâte. Tous ces gens que nous ne recevrions jamais et qui, parce que nous rions trop fort et trop longtemps, nous trouvent bruyants et vulgaires. Ce qui nous fait rire plus encore. Comme si nous retrouvions à la fois l'insolence et l'innocence de nos dix ans.

Nous prolongeons, comme on fait un bras d'honneur, notre éclat et notre tapage. Dans l'espoir de nous faire enfin taire, le maître d'hôtel nous dépêche le garçon porteur de cartes.

– Bon, alors ! fait Charlotte d'Audignon sans jeter un œil aux menus, pour signifier qu'elle ne va pas lésiner. À quelles tentations allons-nous succomber aujourd'hui ? Tous ces trucs « revisités », c'est un peu la barbe, non ?

– Pas forcément, Douceur, répond Thierry. Peut-être pas ici. Que pouvons-nous lui reprocher ? Cette barigoule d'artichaut et homard, peut-être ?

– Ou ce homard au jus de carotte, reprend Charlotte. Ça me tente bien ça, moi, tiens. Grande création de Gérard Vié. *(Puis, sur le ton à la fois docte et un peu las de qui est habitué à mener grand train :)* Je me rappelle l'avoir goûtée à l'époque où il était encore rue Joffre, c'est vous dire ! Euh… non, c'était après 81, après la naissance d'Armande. Enfin, je ne sais plus. Qu'est-ce que tu en penses, Amblard ? De quoi as-tu envie ?

Je regarde la carte vite fait. Je m'en fous. En fait, j'ai surtout soif, mais personne ne semble s'en soucier. Étant invité, je ne peux rien dire.

Je referme la carte :

– Foie gras, côte de veau, dis-je simplement. Un bon

pâté, une bonne barbaque : rien de tel pour remonter son homme. Bon, il fait soif, non ?

Je me retourne à la recherche d'un garçon qui, ayant anticipé la demande, est déjà en course vers notre table, d'où il repart avec la commande de trois coupes de champagne, pendant que Thierry d'Audignon s'est relancé dans son rire de basset :

– Un bon pâté ! Une bonne viande ! Ha ! ha ! ha ! Moi aussi ! répète-t-il en s'essuyant les yeux, enchanté que, dans ma bouche, un foie gras poêlé au vin de glace et une côte de veau aux truffes, cuite épaisse, servie rosée deviennent un morceau de pâté et de la bidoche. Et au fond, qu'est-ce d'autre ?

– Alors, que vous arrive-t-il ? dis-je enfin après que le serveur pressé a apporté le champagne.

– Un truc horrible et ridicule, répond Thierry. Figure-toi que notre fille Maxime, ta filleule, vient de créer une société avec une de ses amies et la complicité de sa grand-mère. Une société, parfaitement ! Ne me demande pas sa forme juridique, mais enfin un de ces trucs horribles immatriculés à la chambre de commerce. Et où ça ? À La Lueur, mon vieux. Sur des terres qu'elle a reçues de sa grand-mère. On n'est vraiment trahi que par les siens.

– Mais où a-t-elle bien pu trouver l'argent ?

– Elle en a, la malheureuse. Son associée aussi. Elle en a toujours accumulé. C'est une industrieuse.

Thierry d'Audignon a un frisson. Désagréable, le frisson. Comme s'il allait recevoir une gifle. Sa fille Maxime lui semble rompre avec des siècles entiers de tradition familiale. Depuis toujours les d'Audignon ne se sont mêlés de rien, pas même d'eux-mêmes. Sous les ombrages de leur parc et leurs forêts, ils restaient dans l'ombre, bien à l'abri.

Toujours, ils avaient laissé leur domaine à exploiter à un régisseur, sans jamais se mêler de rien. On les pillait, on braconnait, ils s'en fichaient. Ruinés pendant deux ou trois générations, ils se refaisaient. Une époque favorable et l'ingénuité du chef de famille finissaient par leur remplir les poches. Chaque génération se contentait de pourvoir la suivante pour lui permettre de traverser les quelques décades – tout allait si vite, raison de plus pour ne pas bouger – qui la séparaient du cimetière de Rambouillet, où humbles et puissants pourrissent et se liquéfient pour les siècles des siècles.

Maxime d'Audignon, ma filleule, a l'intention de créer un centre équestre et une pension pour chevaux. Pour ses parents, elle devient palefrenière. Elle dont l'insolence avait, dans son enfance, donné à ses parents des signes encourageants, s'était peu à peu laissé gagner par ce besoin qu'ont tous les niais d'avoir une activité. Qu'on gagne sa croûte, soit. Qu'on ait une passion, passe, on n'y peut rien. Mais qu'on gagne sa vie avec sa passion semble à ses parents commun et très plouc. Pour eux, une honte :

– Et nous voulions te prévenir, Amblard, que Max a l'intention de demander à ton cabinet de s'occuper de ses comptes.

– Parfait, je te remercie.

– Tu la recevras ?

– Oui, bien sûr. Mais hors de question pour moi de m'occuper directement d'elle. D'abord, je ne m'occupe pas de grand-chose dans cette affaire, qui tourne toute seule. Ensuite parce que je refuse de toucher aux comptes de mes amis. Ou d'enfants de mes amis. J'aurais l'impression d'ouvrir leurs tiroirs. Je ne veux rien savoir de mes amis. Ni leurs joies, ni leurs projets, ni leurs soucis. Ni, surtout, leurs ambitions. Nous nous occuperons de ta fille comme elle le mérite.

Et ce que je vois passer dans les yeux de Charlotte comme dans ceux de Thierry, c'est bien de la haine.

De la haine pour leur fille.

2

J'avais tenu à un cigare. Il faisait un peu frais pour s'installer dans le jardin de l'hôtel. Le temps menaçait. Thierry d'Audignon avait un rendez-vous à l'office du tourisme, Charlotte une robe à prendre chez Devernois.

– Parfait, dis-je, pressé de les quitter, je rentrerai à pied. Je suis à un quart d'heure de la maison. Le temps de finir mon cigare.

– Je t'accompagne, Amblard, fait Charlotte. La rue Carnot est à deux pas, c'est sur mon chemin. Thierry me retrouvera pour le thé.

Nous marchons boulevard de la Reine. Au bout de quelques dizaines de mètres, mon cigare me gêne. C'est un double corona, d'Audignon avait insisté : « Non, non, je te l'offre. Un Punch, en plus, parfait pour toi. C'est ma tournée ! » Il avait eu ce geste vulgaire d'Yves Montand dans *César et Rosalie.* Comme pour palper la monnaie. Ça m'avait agacé :

– Sais-tu que le père du Narrateur, à simplement croiser la duchesse de Guermantes dans la rue, jette son cigare dans le caniveau pour la saluer ? De quoi ai-je l'air, Charlotte ? D'un noceur 1900 sortant du bal des Quat'z'Arts ?

– Au bras d'une roulure, ajoute Charlotte avant d'éclater de rire.

Son éclat de rire la fait trébucher. Dans la crainte que, peut-être, elle tombe, j'ai jeté mon cigare, et Charlotte se retrouve dans mes bras. Je n'en profite pas.

Nous longeons le parc du château. Je pense à parler à Charlotte de ce qu'ils viennent de me dire sur leur fille Maxime, et qui m'a choqué, mais je ne l'intéresserais pas et, dans le fond, je me fiche de ce qu'elle pense : je m'en expliquerai avec Max et, contrairement à ce qu'espèrent ses salauds de parents, je l'aiderai. Cette bonne vieille Max.

D'ailleurs, Charlotte ne se préoccupe que d'elle et de ce tailleur doublé soie dont elle va chercher la retouche chez Devernois. Elle me le décrit et, soudain :

– Et si nous passions au Potager du Roi ! Nous en avons pour deux minutes, Amblard, accompagne-moi. J'ai promis à Mme de Solliers de lui apporter une boîte de pâtes de fruits. Au Potager, ils en ont fait, je le sais. Ils ont très peu de production, il faut se jeter dessus.

N'ayant rien à faire, je suis prêt pour toutes les aventures. Nous entrons dans le parc par le bosquet du Théâtre d'Eau, longeons le château sur notre gauche pour gagner, par les Jardins et la pièce d'eau des Suisses, un Potager assez désert et très calme. La grille d'or, peut-être un peu clinquante, a été remise au goût du jour – mais au goût du jour du dix-septième siècle – par les Américains, dont ma chère Priscilla Barry-Chew qui, depuis nos étreintes, a augmenté sa fortune de mariage en mariage. Elle vient de temps en temps à Versailles, rutilante, myope et caressante, « *dear* Amblard, murmure-t-elle, nous nous connaissons depuis si longtemps. Depuis au moins deux maris, non ? »

Le bavardage de Charlotte a cessé, juste le bruit de nos pas sur le gravier. Je pense à mon vieux Cercle nautique de Versailles, où je n'ai pas mis les pieds depuis que Claude Arnoult en a quitté la présidence. Ce cher Claude Arnoult. Son fils écrit des livres, je crois. J'ai dû le croiser. Il fait quelque chose de sa vie, lui, au moins. Bah !

La cathédrale Saint-Louis sonne trois heures. Charlotte d'Audignon lâche mon bras pour se hâter vers la boutique. Je m'arrête. Sur la terrasse du Couchant, deux jardiniers, perchés sur des échelles, jouent du sécateur. J'allais dire : ils s'activent mais, ce qui me frappe, c'est qu'ils ne s'activent pas.

Posément, lentement, semblant avoir choisi leur angle de coupe comme un tireur son angle de tir, ils tranchent. D'un coup sec. Le rameau tombe.

La passion de ces jardiniers m'étonne. Une passion calme, presque froide, mais intense. Apparemment, ils sont à leur affaire. Ils sont jeunes. Ils ont l'air intelligent. L'un d'eux est très beau, un peu *baby faced*, dirait

Priscilla qui n'aime que le buriné, d'une beauté qui se fanera mais qui, pour le moment, le fait resplendir sans qu'il s'en doute. La beauté de ce jardinier me frappe. Que fiche-t-il là, à tailler des poiriers ?

En somme, l'un et l'autre pourraient faire autre chose de leur vie. Mais on sent, à leur détermination, à leur passion rageuse et calme, qu'ils se sentent là à leur place. Ils ont eu l'ambition d'être là. Peut-être se sont-ils même battus pour y arriver. Le jour où on leur a annoncé qu'ils seraient jardiniers au Potager du Roi a été un moment heureux de leur vie. Et ils considèrent important de tailler, selon les règles de La Quintinie, les arbres donnant des poires cuisse-madame, l'une des cent trente et une variétés de poires produites par le jardin.

Pendant que Charlotte court vers la boutique en jetant les pieds à droite et à gauche, je ne peux me détacher du spectacle des jeunes jardiniers. J'ai l'air d'un pervers pépère à la sortie d'une caserne. Les deux jeunes gens ont le sérieux et la concentration d'un mécanicien réglant un moteur, ou d'un chirurgien réparant un blessé.

Leur beauté vient de là. De leurs gestes, sûrs et précis, en accord parfait avec ce lieu où ils opèrent, des gestes remontant du fond des âges, qu'aucun progrès ne pourrait améliorer. Il y a, dans la taille des poiriers cuisse-madame, une perfection que les jardiniers ont acquise par leur travail, par leur talent, et qui me semble aussi indispensable et inutile que, voyons, une figure de danse à l'Opéra de Paris ou une figure de manège à l'Académie équestre de Versailles. Le bon visage de Max passe dans le jardin : elle aussi a une passion, elle y consacrera sa vie, surtout si on l'en empêche, et c'est très bien, chère Max ! Que cette folle et brouillonne jeunesse s'abandonne ainsi à l'inutile, c'est-à-dire à l'indispensable, m'enchante. Maxime est de la même trempe que ces jardiniers, et oui, je l'aiderai contre ses parents.

Je ne suis pas au bout de mes surprises. Un peu loin, des carrés sont dessinés sur le sol. D'un mètre carré. Dans le premier, il y a des mousses, graviers et petits arbres. Dans le deuxième, on voit un lac, des îles, des folies, des cygnes, des voiliers. Le troisième représente un jardin de montagne, un jardin en terrasses, les terrasses jointes par des escaliers, tandis qu'une cascade se jette de la terrasse supérieure. Le quatrième est comme un potager ouvrier, ou un jardin de curé : légumes bien alignés, brassées de dahlias et arbres fruitiers, sans oublier la cabane de tôle ondulée et les allées bien ratissées.

– Ça vous étonne, n'est-ce pas ?

Une voix derrière moi. Celle d'un jeune homme. Ou, plutôt, d'un homme jeune, aux joues et lunettes rondes, cheveux bouclés, l'air d'un lutin de fête de foraine, assez rigolard.

– Oui, c'est étonnant, reprend-il. On croirait les survoler en avion. Ou comme un oiseau. Venez voir mon préféré, là-bas.

Et, me tirant par la manche, il m'entraîne au-dessus d'un jardin de pierres, dont les pavements pivotent pour laisser apparaître fontaines et bosquets.

– Un jardin réversible, explique-t-il. Oh ! pardon, je ne me suis pas présenté. Je suis le directeur du Potager du Roi. J'étais dans la boutique lorsque la comtesse d'Audignon y est entrée. Elle y a rencontré des amis, je crois, avec qui elle bavarde. Et elle m'a demandé en passant de vous prier de la rejoindre.

– Mais alors, ces jardins ?

– Ah ? Eh bien, ce sont des devoirs d'étudiants de l'École nationale du paysage. Ils s'entraînent ici, ils font des maquettes, en quelque sorte. Certains sont assez doués.

– J'ai surtout été impressionné par les tailleurs de poiriers.

– Oui, c'est un art difficile. Nous avons plus de cent trente variétés de poires, ici, et chaque arbre a ses exigences. Telle est la nature : des exigences, aucun caprice. Tout y est utile, même ce que nous ne comprenons pas.

3

Sur cette forte pensée, je me dirige vers la boutique. En y entrant, j'ai un mouvement de recul. Un instant, j'en veux à Charlotte : quelle conne !

D'autant qu'elle me fait signe d'approcher.

Me voici saluant Benoît et Isabelle Delamare.

Je me sens regardé de haut en bas. Puis de bas en haut. En un mot, toisé. Isabelle Delamare plutôt goguenarde, l'air d'expertiser un vieux tableau. Lui, comme toujours dans mes souvenirs, empressé. Se demandant ce qu'il pourrait bien tirer de l'entrevue. D'un coup, pourtant, ses yeux se ternissent. Cruelle déception : Amblard Blamont-Chauvry, ce *has been,* ce raté ! À quoi sert Blamont ? À qui peut-il être utile ?

– Comme c'est drôle de vous trouver là, dit Charlotte. Thierry sera désolé de vous avoir manqués, il faudra venir à La Lueur, un de ces soirs. Depuis le temps ! J'ai appris que vous avez rouvert une permanence, Benoît. Vous vous relancez, c'est bien. Amblard, précise-t-elle en se tournant vers moi et en me parlant à voix basse et lentement, comme à un débile, Benoît va se présenter aux prochaines législatives à Versailles, tu te rends compte !

– Vraiment ? Alors, le jour se lève, la France est sauvée ! dis-je sans sourire. Et Versailles n'attendait que ça.

Je m'apprête à lui demander s'il veut toujours changer la vie ou changer d'avis, mais Charlotte couvre ma voix :

– Justement, Benoît, je voulais vous apporter des pâtes de fruits. Je sais que vous en raffolez. Hein, Benoît ? J'ai bonne mémoire, n'est-ce pas ?

Benoît Delamare adore les chatteries. Charlotte l'entraîne vers le comptoir, où sont rangés des pots de nectars de rhubarbe, confitures de courge, de poire, sirop de romarin au miel issu des ruches du Potager, ce qui met en transe l'ancien sénateur :

– Et même des produits Nina's ! s'écrie-t-il au comble de la joie. Plus besoin d'aller place Vendôme. Regarde, chérie, murmure-t-il tout attendri en se retournant vers sa femme, ils ont le thé de Marie-Antoinette !

Mais chérie n'écoute pas. Si on la filmait en accéléré, on verrait clairement qu'elle tourne autour de moi avec des mouvements de tête de haut en bas, de bas en haut. Avec un air de maquignon. Ou de directrice de casting, ce qui est la même chose.

– Amblard Blamont-Chauvry, mon époux devant Dieu ! s'écrie-t-elle en grimaçant, comme si elle avait une remontée gastrique. Seigneur Jésus, j'ai l'impression d'être au musée Grévin. Eh bien, que devenez-vous ? Rien, je suppose. Rien n'a changé dans votre vie, n'est-ce pas ? Toujours Versailles ? Et toujours expert-comptable ? Comptable ! Un comptable, c'est bien un con derrière une table, n'est-ce pas ?

Elle continue de tourner autour de moi. La vigueur de sa voix m'apprend ceci : plus de vingt ans après, elle est toujours furieuse. Mais quoi, n'a-t-elle pas toujours été en colère ?

– Mon Dieu, quand j'y repense, comment avez-vous osé ? Priscilla Barry-Chew et les autres. Je me souviens de vous, vous savez. Vous étiez hautain, destructeur, ricanant. Comme si vous aviez peur des femmes. Ou, plus exactement, de *la femme*. Du féminin. Les femmes, pour vous ? Des animaux domestiques. Pas plus. Bonnes pour le plaisir et le délassement, rien d'autre. Je me souviens très bien. Et je vois que vous n'avez pas changé.

Isabelle Delamare me touche le bras et, plus bas, presque à l'oreille, murmure :

– Vous étiez charmant, aussi, parce que vous étiez jeune. Drôle, léger, attentif. Inventif, aussi. Inconséquent.

Elle me repousse :

– Ce n'est pas ce que j'attends d'un homme, je suis désolée.

J'éclate de rire en direction de Delamare qui achète, en poussant de petits cris enthousiastes, du thé à la rose et du sirop de romarin. Elle a suivi mon coup de menton.

– Oh ! Vous pouvez rire ! Je suis une femme très organisée, vous savez. Et lucide. Je sais de quoi j'ai besoin et de qui je peux l'attendre. Chaque personne sur terre est insurpassable pour une chose. Même Benoît. Au moins une. Il faut la lui demander. Et rien d'autre. Il faut aussi savoir s'entourer. Mais vous, vous êtes trop… Je ne sais pas comment dire.

– Alors, ne dites rien, merci.

– Si. Je vais le dire. Vous êtes un égoïste, Amblard. Vous ne pensez qu'à vos plaisirs. Vous avez une pierre à la place du cœur.

– Une pierre, peut-être, oui. Mais alors, un diamant.

– En ce cas, un solitaire.

Isabelle est contente, laissons-lui la dernière balle. Je ne suis pas sans reproche. Nous avons été mariés, jadis. Et puis, il y a eu Coquelicot, qui m'a forcé à découvrir mon jeu. Un jeu qui avait dégoûté Isabelle, à qui le manque d'ambition répugnait comme un manque d'hygiène.

Je regarde Isabelle qui regarde Benoît et Charlotte continuer leurs emplettes. Sa bouche qui tombe et ses yeux froids. Cette femme n'est pas heureuse, mais elle vit comme elle pense devoir le faire, ce qui est un signe de bonheur, peut-être : le devoir accompli, cette horreur ! Un instant, je pense m'en faire une ennemie mortelle en lui demandant ce qu'elle devient, ce qui serait une insulte à la grande carrière politique qu'elle a faite et qui la répand encore aujourd'hui dans les journaux comme une femme d'avenir. Je préfère me taire.

Elle semble pensive et, d'un coup, sourit d'une manière, je ne dirais pas tendre, mais presque aimable :

– Mais il me semble, Amblard, si ma mémoire est bonne, que tu étais de première force dans la défiscalisation des œuvres d'art. Un cador.

– Oui, en effet, mais ça, c'est de l'histoire ancienne. Vraiment très ancienne. Il y a bien longtemps que tout cela ne m'intéresse plus.

Isabelle est passée au tutoiement, ce qui indique qu'elle a un service à me demander.

– Qu'est-ce qui t'intéresse au juste ? À part toi, je veux dire ?

– Rien qui te regarde, Isabelle. Je fais partie d'un monde qui n'est pas le tien. Un monde que tu n'aimes pas parce que tu ne le connais pas. Votre monde, dis-je avec un nouveau coup de menton vers Delamare qui sautille devant le chocolat à la violette, je ne l'aime pas parce que je le connais.

– Est-ce du mépris ? De la modestie ?

– Rien de tout cela. Je vous regarde depuis vingt ans et, pas un instant, je n'ai regretté ma décision. Les politiques d'aujourd'hui sont comme des animaux fantastiques émettant des barrissements seulement audibles de leurs congénères, et tellement incompréhensibles aux autres qu'il faut les décrypter. Disons plus simplement que tout ce qui vous passionne m'assomme. Et lorsque je dis « vous », c'est vous tous. Toute votre bande de raseurs et d'impuissants.

En quittant, voici plus de vingt ans, la carrière que me promettaient ma double qualité d'énarque et de polytechnicien et l'appui de Marraine, je vois le monde s'éloigner de moi. Ça n'est pas désagréable. Une vague et douce impression de vide, peu à peu : comme si je perdais mon sang par une blessure invisible et indolore. N'étant plus nécessaire à personne, je ne suis plus invité nulle part et m'efface assez vite.

Je dois à la vérité de préciser que j'ai été reçu à l'ÉNA sur les places réservées aux polytechniciens, ce qui est moins glorieux. Le seul de ma promotion, soit dit en passant. Manière pour moi de retarder encore l'entrée dans la carrière et la fermeture du piège. J'ai même eu ma photo dans *La Jaune et la Rouge,* le bulletin de l'Amicale des anciens élèves. On s'y mesure. Mon passage à l'ÉNA y fut annoncé sans commentaire flatteur. À Polytechnique, on méprise un peu les énarques, lesquels ne sont pas en reste vis-à-vis des polytechniciens. Passer de l'X à l'ÉNA, c'est déchoir. Faire l'inverse aussi. Il faut garder l'esprit de l'école, c'est-à-dire du clan.

Fuck !

Je suis devenu traître à chacune de ces armées qui se partagent la haute administration, le butin des honneurs, places, dividendes, jetons de présence et avantages divers. Dans les deux camps, on se donne des airs désinvoltes, on se couche devant le ministre tout en lui bottant le train dès qu'il s'affaiblit, on exerce son esprit ricaneur et dédaigneux au détriment de subalternes souvent plus compétents, on guette le cheval qui fera sauter des cases dans ce jeu de l'oie qu'est une carrière à la française, où l'on tourne en rond sans s'étourdir.

Les énarques m'envient mes compétences mathématiques, la tenue militaire dans laquelle j'ai défilé, le 14 juillet 1970, sur les Champs-Élysées – Marraine me faisant coucou du haut de la tribune officielle –, et l'exposé que j'ai fait un jour sur la propulsion par réaction devant le Premier ministre. En résumé, ils haïssent le polytechnicien que je suis.

Les polytechniciens n'aiment pas voir en moi l'énarque se réveiller, quitter le raisonnement scientifique pour les théories générales, gracieuses et fourre-tout, oublier que, dans l'administration comme en politique, il ne suffit pas d'avoir raison, il faut encore se le faire pardonner et, surtout, que la réalité cède le pas à la théorie, si celle-ci est séduisante, c'est-à-dire si le bon peuple arrive à la gober. En résumé, ils haïssent l'énarque que je suis.

Ma double casquette me vaut double peine et double solitude.

J'ai donc sauté en marche du jeu de l'oie et les regarde tous tourner en rond depuis vingt ans. Ma lecture préférée reste le *Who's who,* le plus grand roman du siècle :

beaucoup de personnages, pas mal d'actions. Comme un grand album de famille dont les photos ont pâli. En suivant, année après année, les aventures de mes anciens camarades, je me fais l'effet d'être dans un hamac de mon jardin de Condé-sur-Vesgre pendant qu'ils font du surplace dans les embouteillages, s'entassent sur les plages à la mode ou jouent des coudes pour être admis dans des clubs.

Mes amis passent leur temps à espérer des choses qui ne sont pas leur genre, et ils en sont bien punis : qu'elles n'arrivent pas les aigrit, qu'elles arrivent les encombre. La société dans laquelle ils se sont élancés les a éteints, poncés, limés, rendus gris, interchangeables et banals.

Sauf Isabelle qui, pour le moment, n'a manqué aucune occasion de se faire remarquer.

Depuis vingt ans, elle a fait sien le principe selon lequel être fidèle à ses idées, c'est avouer qu'on en a peu. Avec agilité, elle est passée de gauche à droite et de droite à gauche, bluffant puis découvrant son jeu au dernier moment pour paraître neuve au bras de son nouveau maître.

Un temps ministre – n'exagérons rien : secrétaire d'État –, elle a habilement soigné son réseau en distribuant des places, récompenses et prébendes aux gens du monde, chanteurs et comédiens. « Soigner sa cote en cajolant l'artiste doit être la première préoccupation du politique », lui avait expliqué Marraine en brandissant l'exemple de Louis XIV et le contre-exemple de Napoléon. « L'artiste est doux lorsqu'il se sent aimé. Dites-lui juste, d'un air navré, qu'il n'a pas la place qu'il mérite, il vous mangera dans la main. »

Chassée de la rue de Valois par un mouvement d'humeur des électeurs, elle se fait engager en Transmontanie, grâce au ministre de Marraine devenu ambassadeur à Ederly, pour y transférer de gros avoirs privés d'un important homme d'affaires français – la fiscalité transmontanienne est douce –, qu'elle convainc ensuite d'ouvrir, dans une province reculée en France, un musée où il expose sa collection d'art contemporain, ce qui fait monter la cote des artistes exposés.

Ceci fait, elle publie un livre – rédigé par l'écrivain de Marraine amateur de pomerol – sur la merveilleuse génération dont elle est une des gloires.

Intitulé *Ils vont changer la vie*, c'est un recueil de portraits peints à la brosse à reluire et où, bien sûr, je n'apparais pas. Le livre se vend peu mais, pour sa promotion, on revoit Isabelle à la télévision – où, agressive et enjouée, elle est considérée comme une « bonne cliente » par des animateurs à fiches qui ne savent pas de quoi ils parlent –, ce qui lui permet d'espérer un ministère, refusé suite à de nouvelles élections calamiteuses.

Nous en sommes là.

J'oublie de signaler qu'elle a fait toute cette carrière sous le nom d'Isabelle Surgères et gommé notre mariage de toutes les biographies flatteuses où elle se répand. Depuis des années, elle vit sans l'avoir épousé avec le brave Benoît Delamare et s'échine à faire passer leur attelage pour un couple mythique.

Benoît Delamare est un autre spécimen. Il tire son sentiment de supériorité de ce qu'il est énarque et normalien. Reçu premier à l'agrégation d'histoire, il est l'auteur d'une thèse de doctorat d'État sur *La Résistance aux cultes orientaux à Rome de Sylla à Trajan,* couronné par l'Académie des inscriptions et belles-lettres, et est un fin connaisseur de Saint-Évremond, La Bruyère et Pascal dont, comme Léon Blum en son temps, il peut réciter des passages entiers pendant des heures.

Moyennant quoi, dès qu'il ouvre la bouche pour parler politique, il ne débite que grossièretés, fadaises et âneries.

Sa carrière a commencé auprès du ministre du Commerce et de l'Artisanat. Invité à penser à la simplification de l'État, il propose la suppression de son poste, ce qui ne fait pas rire. Pouvant, par ses diplômes, imposer son point de vue à des gens plus modestes et plus compétents, il fait n'importe quoi, mais avec distinction.

Pour lui éviter de trop nuire, on le change d'affectation sous prétexte de promotion. Moins efficace il est, plus il monte en grade. Bientôt chargé des autoroutes à l'Équipement, puis du budget aux Réformes administratives, il devient chef de bureau au ministère de la Qualité de la vie.

Plus Delamare est cynique, mieux ses ministres

l'apprécient : il est tellement drôle. Pour se faire respecter, il propose projets déments et coûteux, tout en multipliant les propositions de réglementations inutiles et compliquées : tout est accepté.

Pour se faire craindre de ses subordonnés, il sanctionne les bons et félicite les mauvais. Pour s'en faire aimer, il donne des cocktails et des jours de congé. Et l'étoile Delamare monte au ciel politique.

Tellement qu'on l'envoie conquérir la sixième circonscription des Yvelines. Échec. Recevant ses électeurs, qu'il appelle ses solliciteurs, dans sa grande maison du quartier Saint-Louis, il les traite si rudement qu'il perd des voix à chaque rendez-vous. Tâchant de les convaincre au lieu de les écouter, il est battu à plusieurs reprises, retourne au ministère et, porté par la bande rameutée par Isabelle, est élu sénateur de la Haute-Sarthe, où il ne met jamais les pieds, sauf au château de Plessis-lez-Vaudreuil, où on le traite un peu de haut, ce qui le fait bicher parce qu'il se sent si simple et si socialiste en comparaison de ces gens-là ; simple, c'est-à-dire proche du peuple.

Le peuple, c'est tellement chic.

Ce qu'il est encore en train d'essayer de nous prouver dans cette boutique du Potager du Roi en faisant des mines à la vendeuse. Et comme celle-ci, insensible à son charme, le rembarre d'un ton sec, le voici penaud, ballot comme un vieux incapable de se baisser pour lacer ses souliers.

J'ai un peu de peine à le dire : Isabelle le regarde d'un air navré. Elle me touche le bras :

– Il faudra quand même que je te parle sérieusement, Amblard. J'allais t'appeler.

– Oui, je sais.

Son regard furieux :

– Comment, tu sais ? Que sais-tu ?

– Le nom de Benoît Delamare et le tien apparaissent dans le dossier des fausses factures du Trianon Palace. Et c'est très mauvais pour vous deux. C'est bien ça ?

4

Après cette rude journée, je suis heureux de retrouver Coquelicot, la femme que je préfère au monde.

Elle est ma femme, pas mon épouse.

Depuis vingt ans et plus, elle et moi sommes restés au lit.

Je ne sais pas si nous nous aimons. C'est mieux que ça : nous nous plaisons ensemble. Le plaisir que je prends avec elle n'est pourtant rien comparé à ceci : je raffole de cette femme.

Coquelicot est ma maîtresse, mon meilleur pote, mon directeur de conscience, mon entraîneur, mon père, mon fils, ma mère, ma marraine, enfin elle est tout le monde, plus le reste.

On se lasse de tout, dit-on.

Se lasse-t-on du vin de Champagne, du tabac, des vins de Bourgogne, du parfum des roses, des sonates de Schubert, des créations du pâtissier Firmin, des constructions de Mansart, des tableaux de Manet, des romans de Balzac ?

Non, car tout cela est plus grand, plus haut et plus

fort que nous. Plus on y goûte, plus on y fait des découvertes, plus ils deviennent indispensables.

Coquelicot, c'est tout comme.

Pourquoi me lasserais-je de cette femme qui m'enchante ?

La plupart du temps, nous sommes des goinfres distraits. Nous buvons pour être gris, écoutons de la musique pour battre des pieds et ne regardons les tableaux que pour en apprécier la valeur ou voir si leurs couleurs pourraient aller avec le canapé pleine peau de notre *living-room*.

Il y a profusion de beautés sur cette terre. Les soleils passent et nous ne les voyons pas, tout occupés à monter en grade, faire des affaires, écrire des livres, devenir député des Yvelines ou bluebell girl au Lido, champion de France de football, lieutenant-colonel de gendarmerie ou meilleur vendeur d'appartements vue sur mer. Nous remettons à plus tard un bonheur que nous avons sous les yeux.

Nous passons à côté de tout ; et puis, nous passons.

Au moins ne suis-je pas passé à côté de Coquelicot. Tout en elle m'ensorcelle, m'attendrit et m'émeut. Ses colères, ses rires, la prière qu'elle récite avant l'étreinte, les airs de Zizi Jeanmaire qu'elle fredonne dans son bain, son nouveau parfum d'iris, le drame qu'elle doit porter, dont nous n'avons jamais parlé et qui, parfois, la rend si triste, les lunettes qu'elle se croit obligée de chausser lorsqu'elle travaille, son air rêveur avant chaque décision importante, son air buté une fois qu'elle l'a prise, l'appartement qu'elle a voulu garder à Parly 2 parce qu'elle ne se considère qu'en visite chez moi, rue de l'Ermitage, la discrétion qu'elle garde sur ses activités : c'est parce que nous avons tenu nos distances que nous avons tenu.

Loin de la fusion qui conduit à la confusion.

Peu à peu, Coquelicot est devenue indispensable à ma vie.

Je m'ennuie sans elle.

Jamais, pendant les vingt années et plus où nous nous sommes retrouvés dans ce lit de la chambre 20, Coquelicot ne m'a parlé d'elle ni de son drame d'enfance.

Jamais.

Ce drame, je le connais. Elle sait que je le connais puisque je sais son nom et que la fortune de son père – aujourd'hui la sienne – était placée entre les (bonnes) mains du cabinet Blamont-Chauvry. Mais elle ne veut pas en parler.

Les rares fois où je tente une fine allusion, je reçois un regard d'une telle violence que je n'insiste pas. « Je sais lécher mes plaies », me dira-t-elle un jour à propos d'autre chose.

Coquelicot n'exprime pas son drame. Elle trouve secondaire cet épisode de sa jeunesse. « Il ne m'est rien arrivé d'essentiel avant de t'avoir rencontré », murmure-t-elle un jour, ce qui me fait ronronner comme on peut l'imaginer. « Et quand on partage l'essentiel, mieux vaut se taire sur l'accessoire. »

5

– Non, Max, je ne t'aiderai pas.

– Pourquoi ?

– Ton projet est absurde. Dépassé. Irréalisable. J'en ai parlé à ton parrain hier, il est d'accord avec nous, tu sais. Tu vas y laisser un argent fou. Je préfère que ce soit celui des banques – si tu en trouves, Amblard est très réservé – que le mien.

Thierry d'Audignon sent sa fille hésiter à lui répondre. Ce serait facile, pourtant : l'argent qu'il considère comme le sien, c'est celui de la famille, dont il n'est que le gérant passager. Lui-même, en son temps, n'avait jamais manqué de blesser son père. Ces engueulades qu'ils avaient. Le fils insolent, le père qui tonnait, les portes qui claquaient, la mère en larmes. Ah ! On savait se bagarrer autrefois.

Mais pour ça, il faut être deux. Et Max esquive toujours. C'est une douce, comme sa mère. Une douce, mais pas une faible. Elle n'a d'ailleurs pas bronché devant le refus de son père. Elle n'a ni rougi, ni pâli, ni cillé. Elle est restée calme et froide, comme on prend note ; peut-être un léger sourire, comme si elle venait de remporter un pari.

Thierry d'Audignon se retourne pour chercher une boîte d'allumettes sur l'étagère de sa bibliothèque. Lorsqu'il revient vers sa fille, celle-ci a quitté la pièce. Et d'Audignon, d'un coup, n'a plus envie de son cigare.

Il s'en veut. Il aime sa fille. Il s'est juré dès sa jeunesse qu'il ne pèserait sur personne. Et voilà qu'il pèse sur Maxime. Cette bonne Max qui l'enchante.

A-t-il le choix ? Maxime s'est mis en tête de créer un centre équestre dans un coin du parc de La Lueur. Elle veut y accueillir des chevaux en pension, bâtir un manège, dessiner un parcours de cross et faire de l'élevage. Pour y arriver, avec le sérieux qui l'a toujours caractérisée, elle a préparé un dossier, créé une société, trouvé des associés et déniché l'endroit idéal, tout près de la forêt, vers Saint-Léger.

Elle demande juste à son père de lui céder sur ses terres un passage facilitant l'accès au « Haras de La Lueur », qu'elle ambitionne d'ouvrir au printemps prochain. Elle paiera les terres ainsi soustraites à l'exploitation – de très mauvaises terres à faible rendement – et propose à son père de l'associer à son entreprise.

Ce qui ne serait pas une mauvaise chose, l'exploitation agricole – blé, orge, avoine et colza – permettant d'autant plus difficilement de vivre que l'exploitation de la centaine d'hectares de bois a été confiée à une entreprise extérieure.

Mais Thierry d'Audignon a refusé, et il sait qu'il a été injuste. Cette bonne Max. Il l'a prise de haut, elle ne le mérite pas. Il ne l'a même pas félicitée pour le dossier – de très grande qualité, il le reconnaît – qu'elle a constitué.

Il se demande s'il a toujours été ainsi avec elle. Et avec ses autres enfants. Cette lassitude qu'il a toujours ressentie à être dans une chaîne : le petit-fils de, le fils de, le père de, le grand-père de. Il se demande ce que ses enfants pensent de lui, comment ils en parlent, comment ils s'en souviendront.

Ça le tracasse un temps.

Puis, il décide de s'en foutre.

Certes, il a été injuste envers sa fille. Et alors ?

Après tout, il a eu raison. L'activisme de Max l'assomme. Depuis toute petite, elle a montré de l'initiative, de l'opiniâtreté et la volonté de faire quelque chose de sa vie. De ne pas être inutile. De soulager des misères. D'être heureuse de progresser. D'avoir un but, de l'atteindre et de le dépasser. Et dire que son frère est pareil.

N'est-il pas du devoir d'un père d'être injuste ? Après tout, c'est l'injustice qui fait avancer, sortir la société du ronron et qui grandit l'homme. Thierry d'Audignon juge donc qu'il a fort bien fait et allume son cigare.

Quittant son père, Max se dirige vers les écuries. « Réaction prévue », dit-elle simplement à sa grand-mère, qui éclate de rire. Elle prend le chemin qui longe la forêt. Son chien Lourdaud la suit. Elle sait que son père, par la fenêtre de son bureau, a pu la voir s'éloigner. Elle s'en fiche. Avec son père, la rudesse, la brusquerie et la colère sont de l'énergie gâchée.

Comme avec les chevaux.

En se dirigeant vers les écuries, elle se demande pourquoi, enfant, elle avait toujours eu peur des chevaux. Dès le mercredi matin, elle avait les boyaux qui tricotaient. Elle allait tomber, elle en était sûre. Ça ne manquait jamais. Au trot assis ou sur l'obstacle. Elle avait beau s'agripper au pommeau de la selle, elle n'avait aucune assiette, elle était trop légère. Une fois tombée, Max était contente. Elle devait tomber, elle tombait, elle était tombée, elle ne tomberait plus. Au moins pas cette fois. Même en faisant des exercices plus périlleux. Elle tombait une fois par reprise. À croire qu'elle venait pour ça. Une reprise sans chute n'était pas réussie.

À croire qu'elle montait uniquement pour surmonter sa peur.

Et puis un jour qu'elle est à terre, éjectée en plein milieu du manège, son cheval vient la voir. La plupart du temps, il reste dans la boucle, coincé entre celui qui précède et celui qui suit, sans manifester aucun sentiment. Max ne sait ni parler aux chevaux, ni les sentir, ni les écouter : elle ne les comprend pas.

Elle n'aime pas l'ambiance du club. Une société de quartier-maître, chambrée, sous-officier et de dédain, morgue et mépris, qui tient à la fois de la caserne, du cirque et du Jockey Club. On ouvre les bras et on serre les dents. Il faut toujours montrer d'où on est. On va vers les autres en regardant ailleurs.

Or, Max est le contraire de ça. Elle a beau être une enfant (ou, plus exactement parce qu'elle l'est), elle ressent cette volonté d'humiliation. On fait sentir à Maxime d'Audignon, avec cette lourde gentillesse qu'elle trouve insultante, qu'elle est une très mauvaise cavalière.

Un jour, le cheval qui l'a désarçonnée sort du rang pour, prudemment, gentiment, la rejoindre pendant que la reprise repart au pas.

C'est un brave alezan qui voit depuis quinze ans défiler la belle jeunesse des Yvelines. Il s'approche, renifle un peu Max ; et il émet un petit gémissement. À terre, l'adolescente regarde les lèvres du cheval et perçoit, en bloc, de la tendresse, de la pitié, de la curiosité qu'elle reçoit comme de l'amour. Ainsi comprend-elle que l'amour et la gentillesse peuvent passer dans ce club si snob. Que les chevaux peuvent la comprendre elle, la petite cavalière maladroite, l'accepter et l'aimer.

Ainsi Max sent-elle entre ce cheval et elle quelque chose d'exceptionnel et qui l'émeut. Elle tombera encore, mais assez peu, n'aura plus jamais peur et décidera de créer un centre équestre tout en joie, décontraction, harmonie et douceur. Loin des snobinards porteurs de cravaches et d'éperons.

Max repense à ce cheval de son adolescence. Comment pouvait-il bien s'appeler ? Qu'est-il devenu ? Depuis, le club a fermé, qu'ont-ils fait des chevaux ?

Puis, elle se dit que, comme une héroïne de Molière, elle se passera du consentement de son père, ce qui la rend très joyeuse.

Pourtant, dès que, suivie de son chien Lourdaud, elle entre dans les écuries, elle sent les chevaux nerveux, rétifs, presque craintifs.

Elle se dirige vers Soutif (par Lolo III de Bréa et Roi de Rome), jument légère et rapide, bien dressée sur le plat, agile à l'obstacle, joyeuse et réactive, mais Soutif détourne le regard. Dans le box voisin, Tambour, hongre volontaire et de très bon caractère, loyal, joueur et affectueux, gratte sa litière et se tourne vers le mur.

Max ne va pas plus loin. Mauvaise ambiance aux écuries. L'attitude des chevaux la renseigne sur sa propre humeur. Affectée, plus qu'elle ne l'aurait pensé, par le refus de son père, elle comprend qu'elle doit se calmer. Elle respire lentement, caresse le chien Lourdaud qui, soupirant de bonheur, se couche dans la paille fraîche. Max lui gratte le ventre, Lourdaud gémit et, comme rassurés, Soutif et Tambour, mais encore les autres, passent la tête par-dessus les portes de leurs box.

Max se dirige vers Soutif et lui demande ses yeux, Soutif se détourne : elle n'a pas envie de bouger. Max n'insiste pas. À côté, Tambour a un hennissement léger et tape doucement dans sa porte. Max le fixe, Tambour lui rend son regard, signifiant ainsi qu'il est prêt à sortir si elle le souhaite.

Les voici s'élançant par beau temps, un peu brumeux, vers la forêt. Le chien Lourdaud en folie, galopant avec Tambour sur les sentiers pleins de flaques et de boue. Velours, le labrador noir de la grand-mère de Max, s'est joint à la bande.

Tout va très bien jusqu'à cette route des Meuniers où Lourdaud avise un chevreuil, avec son ridicule pompon au cul.

Il le course. Rien ne peut le retenir, ni les rappels de Max, ni ses coups de sifflet. Velours, parti lui aussi à la poursuite du chevreuil, se trompe de champ, se retrouve bloqué et rejoint Max et Tambour, celui-ci très calme, qui a tout de même accéléré l'allure. Max se dit qu'avec Velours, le nez dans l'herbe, ils auront vite fait de retrouver Lourdaud. Velours piste, court, apparemment sûr de son coup, et les précipite dans un cul-de-sac. Ils rebroussent chemin, parcourent la lande vers les mares de Pecqueuse. Ça dure trop longtemps, Max fatigue un peu, peste et enrage, tout de même rassurée par le calme de son cheval.

Ils tournent à gauche, puis à gauche, encore à gauche et, au moment où ils s'apprêtent à tourner une dernière fois pour revenir vers l'endroit où le chien les a quittés, Max se retourne et que voit-elle ? Lourdaud qui les suit tranquillement, vaguement essoufflé et crotté, mais sans peur apparente. Aucune manifestation de soulagement de Velours ni de Tambour.

Max saute à terre, se précipite sur Lourdaud étonné, qu'elle accable de caresses et de bisous pendant que Tambour se met à brouter.

– Je hais les chevreuils ! dit Max à sa grand-mère en passant Velours au jet d'eau.

– Ne le mouille pas trop, ma chérie, il va encore tout salir chez moi. Tu sais qu'il aime s'ébrouer dans le salon. Alors, raconte-moi ton père. Que t'a-t-il dit ?

– Bah ! Pour quoi faire ? Il n'y a rien à tirer de papa. Nous ferons sans lui. Ça nous prendra plus de temps, mais nous n'aurons aucun compte à lui rendre. En cherchant Lourdaud, tout à l'heure, j'ai vu où nous pourrons passer pour aller des écuries à la forêt. Finalement, ce chevreuil a été une chance. Demain, j'irai voir Parrain. Il sera de bon conseil.

– Ce cher Amblard ! soupire la comtesse douairière. Dis-moi si je peux t'aider, ma petite fille. J'ai toujours bien aimé ce garçon.

Mme d'Audignon avait pratiquement perdu tout contact avec son fils. Depuis qu'il avait épousé cette greluche, on ne pouvait plus lui parler. Il ne riait plus, il ricanait. Il suivait son père dans ce qu'il avait fait de pire : sa liaison avec la fille de l'Italienne, quelle honte ! Depuis qu'il avait dû rompre avec elle, quelque chose s'était cassé en lui. Ayant décidé de tout prendre à la légère, Thierry était devenu lourd et ne s'occupait pas sérieusement de La Lueur. C'était entièrement la faute de sa femme.

Au lieu d'une bonne et sérieuse Versaillaise élevée au maïs et qui aurait su le seconder dans l'administration de ses affaires, il avait épousé une fille qu'il aurait dû se contenter de prendre pour maîtresse : jolie, amusante et même spirituelle, avec laquelle il passait son temps à rigoler. Tous les deux étaient des jouisseurs.

– Ne nous laissez pas tomber, Amblard, lui avait dit la comtesse d'Audignon la dernière fois qu'ils s'étaient vus. Thierry et Charlotte sont de ces gens qui coulent les empires qu'ils héritent. Ce sont des naufrageurs. Ils ignorent que l'Histoire est tragique et que, sous le vernis des centaines d'années de bonnes manières, se cache l'ascèse d'une vie droite, ardue, rectiligne. Que la noblesse exige les deux : une vie difficile, comme celle de tout le monde ; mais nous devons faire croire qu'elle est facile.

Thierry d'Audignon a toujours été ainsi. Tout petit déjà, il était revenu de tout sans être allé nulle part. Il tournait tout en dérision. Tout le faisait rire. Rien n'était jamais la peine de rien. C'était un croqueur de fortune. Il n'aimait pas La Lueur, il n'aimait pas la terre, qu'aimait-il à part rire, boire et danser ?

Ses parents l'avaient fait voyager, espérant que cela lui donnerait le goût des retours et du sol natal. Peine perdue. Il se déplaçait comme un touriste, sans rien voir ni retenir. Tout glissait sur cet emplumé qui, pourtant, faisait les délices de ses amis et le désespoir de ses parents, qu'il trouvait ennuyeux.

Déçue par son fils, dégoûtée par sa belle-fille, la comtesse d'Audignon a, avec les petits moyens et la faible influence qui lui restaient, mis son dévolu sur Max, l'aînée de ses petits-enfants, ma filleule, en qui elle a décelé l'éclat d'une passion, d'une volonté et d'une discipline.

En Maxime, elle voit à la fois une rêveuse, une ambitieuse et une besogneuse. Max a ceci qu'elle aime : elle est douce et elle est obstinée. Comme si elle savait que les rêves s'accomplissent pour peu qu'on s'en occupe vraiment, qu'on les traite avec respect, et qu'on pense à eux à chaque instant de sa vie.

Dès que possible, elle donne à sa petite-fille le goût de La Lueur, que ses parents ne savent pas lui transmettre. Elle lui raconte l'histoire du château, de ses habitants, des meubles et des salons, des champs et de cette terre ingrate, difficile et, pour tout dire, assez médiocre pour la culture des céréales que le gibier venu de la forêt saccage régulièrement.

Je m'en suis aperçu lors du déjeuner aux Trois

Marches : les d'Audignon ont changé. Ils pensent être restés les mêmes parce qu'ils rient aux blagues d'autrefois, mais rien ne les amuse plus vraiment. Ils ont pris le rôle de leur état : Thierry, exploitant agricole, conseiller général, père de cinq enfants ; Charlotte, mère de cinq enfants, châtelaine restée simple en organisant des pique-niques dans le parc et des concerts de musique de chambre.

Ils jouent sans le savoir le rôle où le hasard les a distribués et sont aussi prévisibles que des figures de jeu de cartes.

6

Depuis mon retour des États-Unis, voici vingt ans, j'ai vu, en quatorze ministères, passer cinq cent soixante-quatorze ministres et secrétaires d'État, dont Isabelle Surgères, mon ex-femme, secrétaire d'État chargée des Catastrophes majeures, intitulé qui avait fait rire.

Tous ces gens se croient indispensables à la marche du monde. De leur accession au pouvoir date une ère nouvelle, on passe avec eux de l'ombre à la lumière, de l'ancien au nouveau monde. On va voir ce qu'on va voir.

Isabelle est comme les autres. Se jugeant supérieure à tous ses contemporains, elle attend trop longtemps à son goût le coup de téléphone lui ouvrant la voie aux voitures officielles, tapis rouge vers le salon Murat, réunions internationales et sondages de popularité. C'est pour elle, de 1986 à 1988, deux ans d'ivresse.

De toute la bande de Versailles, Isabelle est la première à accéder à de telles fonctions. Pour elle, la moindre des choses. Elle n'en est pas éblouie, ses amis oui, qui en perdent la tête, l'encombrent de sollicitations et l'utilisent dans leurs affaires.

Durant cette période, Isabelle fait preuve d'une faiblesse : la reconnaissance. Ce qui montre qu'elle est bonne fille, digne d'être aimée et pas si intelligente qu'elle l'imagine. Pour son malheur fidèle à ceux qui l'ont conduite au gouvernement, elle ignore les vertus de l'ingratitude, renvoie les ascenseurs et, pire, rend des services à ceux qui ne lui seront plus jamais d'aucune utilité, comme le vieux ministre de Marraine, à la source d'un scandale qui jaillit.

Rentré de son ambassade en Transmontanie, cet idiot n'a renoncé à rien, tout fou de décorations, présidences, nominations à des conseils d'administration où il touche jetons de présence, pourcentages et frais de bouche tout en accumulant voyages d'affaires et invitations. Tout cela lui permet de se croire indispensable et de se dire débordé, tout en faisant écrire d'édifiants *Mémoires* qui l'enverront peut-être à l'Académie française, plus sûrement à l'Académie des sciences morales, des lettres et des arts de Versailles et d'Île-de-France.

Croyant se débarrasser de ses demandes incessantes depuis qu'elle est au ministère, Isabelle appuie sa nomination comme président du Trianon Palace. Il s'y prend pour Louis XIV et y mène grand train. N'ayant jamais vécu que sur les fonds publics, il tient table ouverte et régale le Tout-Versailles dans un établissement où il fait hisser un drapeau à son chiffre lorsqu'il lui fait l'honneur de sa présence.

Bientôt, il convainc les propriétaires – un groupe d'investisseurs japonais – de se lancer dans une rénovation complète, des caves aux combles.

Tout à sa grandeur et au principe « l'intendance suivra », il dépense sans compter un argent qu'il n'a pas. Sa gestion brouillonne hérisse les banques. Bientôt les entreprises, n'étant pas payées, portent leurs doléances devant les tribunaux. Le ministre boit et ne réagit pas. La brigade financière de la police judiciaire enquête. Le ministre mange et ne réagit pas. Le dossier est confié à un juge d'instruction. Le ministre allume un cigare. Une société est découverte au Panamá, un magot à Lausanne. Le ministre tousse.

Ce qu'on apprend, c'est que le ministre a, pour mener à bien la rénovation du Trianon Palace – d'un coût estimé à deux cent trente millions de francs –, missionné, à la demande d'Isabelle, Benoît Delamare, dont l'incompétence est connue de tous.

Or, comme il le disait lui-même, « *sunt Gallorum subita et repentina consilia* », les décisions des Gaulois sont soudaines et impulsives, Delamare ne trouve alors rien de mieux à faire que de créer « Alea jacta est trading inc. », société basée au Panamá et chargée de vendre du conseil en hôtellerie. Pour être retenu, chaque fournisseur doit lui verser 10 % des sommes contre de fausses factures. Bien sûr, le ministre de Marraine a signé sans les lire contrats avec les entreprises et versements d'acomptes. Soit plus de quinze millions de francs français placés sur les comptes détenus à Lausanne par Delamare.

Et voici tout ce petit monde soupçonné de complicité d'abus de biens sociaux et de complicité de faux.

Je précise que le cabinet Blamont-Chauvry n'est en rien mêlé à cette affaire, que je connais par l'implication de quelques entreprises dont je gère les comptes.

Tant qu'Isabelle reste dans l'ombre – ce qui n'est pas son genre –, l'affaire y restera aussi. Mais si, comme elle l'espère, la victoire de son candidat à la prochaine élection présidentielle la conduit à être ministre, le dossier sortira.

Et elle me demande de l'aider.

Elle ne me le demande même pas, elle l'exige :

– Tu me dois bien ça, Amblard, pour toutes les tromperies dont tu t'es rendu coupable autrefois envers moi. Et envers d'autres. Souviens-toi que je t'ai sauvé la vie en t'exfiltrant de Washington : les hommes de Barry-Chew étaient sur ta piste. Peut-être le sont-ils encore. Le pauvre Benoît n'a rien fait de répréhensible, tu sais, c'est un intellectuel, il ne connaît rien à l'argent. Il s'est fait abuser par son comptable. Un ancien de chez toi, d'ailleurs, ce comptable ; formé à tes méthodes, je suppose. Imagine que l'enquête se dirige vers le glorieux cabinet Blamont-Chauvry, de quoi aurais-tu l'air, hein, Amblard ? Non, non, nous avons tous intérêt à ce que l'affaire soit étouffée, tu dois nous y aider, c'est dans ton intérêt. D'ailleurs, Benoît compte réinjecter dans l'économie française l'argent qu'il garde à Lausanne. Rien d'illégal là-dedans. C'était pour lui une façon comme une autre d'obtenir des ristournes des entreprises. La pratique est courante, je n'y vois aucun mal. C'est un complot politique, ni plus ni moins. Mais j'ai confiance en la justice de mon pays.

Durant toute son homélie, Isabelle alterne cajoleries, supplications et menaces sans reprendre son souffle, ni me donner l'occasion d'en placer une. Ça tombe bien, je ne l'écoute pas. Je la regarde et me demande juste ce que nous serions devenus, l'un et l'autre, si nous étions restés mariés. Rien de bon, je suppose : nous nous serions porté malheur, tirant la carriole du ménage dans deux directions opposées, elle vers le bureau, moi vers le divan.

D'évoquer le divan me fait songer à Marraine, que l'affaire eût divertie. Hélas, la chère femme est morte d'une (pas si) longue maladie où elle fit preuve d'une qualité qu'elle s'enchanta de trouver en elle : le courage. Un courage digne des Romains :

– Qui l'eût cru ? Hu ! hu ! hu ! Moi qui ai toujours été douillette.

– C'était pour qu'on vous cajole, amour !, murmurait l'écrivain au pomerol avec qui elle vivait depuis des années et qui, sous sa conduite, avait abandonné la littérature pour faire de la télévision, ce qui l'avait rendu à la fois riche, célèbre et vulgaire.

– Tu vois, Amblard, disait-elle, que je n'ai pas perdu la main. Confie-moi un paumé, j'en fais un triomphateur. Ah ! Elles me font bien rire, toutes ces chéries d'aujourd'hui, avec leur féminisme. Elles en crèveront. J'ai toujours travaillé dans l'ombre, moi, et mis les hommes en avant. Ils adorent ça, que veux-tu ? Mais qui tirait les ficelles ? Moi ! Il ne peut y avoir d'égalité entre le marionnettiste et ses marionnettes. Fais-moi ma piqûre, veux-tu ?

La souffrance faisait sortir d'elle une violence et une rudesse qu'elle avait toujours contenues. N'ayant plus personne à ménager, elle tirait des coups de canon et dézinguait sans sommation. La morphine la soulageait un temps, elle divaguait gentiment, je ne la quittais pas, je l'aimais :

– Ce dernier tour avec cet imbécile m'a amusée, disait-elle en remontant le plaid sous lequel elle frissonnait. Il est si fier d'être en couverture des journaux. Un gros con, voilà ce qu'il est devenu. Animateur préféré des ménagères, quel titre de gloire ! Crois-tu que j'aie droit à un peu de champagne ? Et un peu d'andouille de Guémené ? Rien n'est meilleur avec le champagne. Tu m'en mettras dans mon cercueil, Amblard, n'est-ce pas ? Du champagne et de l'andouille. Avec moi, ça fera beaucoup d'andouilles, hu ! hu ! hu ! La fête est finie pour moi, je vais mourir, quel repos !

– Nous nous retrouverons dans l'autre monde, Marraine.

Elle rajustait son turban, ses cheveux étaient tombés, souriait faiblement.

– Tu es gentil, mon chéri. J'aimerais bien. Quoique. Espérer la vie éternelle pour soi, c'est pousser un peu loin le nombrilisme, je le crains. J'ai un peu de mal à y croire mais, après tout, j'ai aussi un peu de mal à croire à ce monde-ci. Et, surtout, à la société qui monte. Sinistre. Je ne suis pas fâchée de partir avant le couvre-feu. Je n'ai pas peur, tu sais, Amblard. Quand on a été élevé chez les bonnes sœurs, comme ta mère et moi, on peut avoir peur de la vie, on n'a pas peur de la mort. Bon, on peut avoir peur de la mort à vingt ans, parce que le festin commence à peine. Ou à soixante, quand on a encore autour de soi des personnes à protéger. Mais moi, j'ai cent ans. Que me reste-t-il à vivre, à mon âge et dans l'état où je suis ? Je suis d'accord pour mourir. C'est très amusant, tu verras. Il suffit de crâner un peu. Comme lorsqu'on va chez le dentiste, tu vois ? Moi, je n'irai plus jamais chez le dentiste, c'est déjà ça. J'ai l'impression de partir en week-end dès le jeudi. On ne meurt qu'une fois, autant ne pas se rater. La vie est comme une réception qu'il faut savoir quitter à temps. Mais enfin, j'ai mes conditions. *If I cannot drink champagne in heaven, then I shall not go.*

La chère femme n'est pas morte à cent ans, loin de là, et son convoi fut suivi par pas mal de bonshommes en pleurs, à l'exception de son dernier amant, le chouchou des ménagères qui, au moment des obsèques, était en salle de montage à choisir son meilleur profil et les plus cinglantes de ses répliques – en fait, des fiches qu'on rédige pour lui et qu'il se contente d'ânonner – de sa prochaine émission.

Appuyé sur Isabelle, l'ancien ministre-ancien ambassadeur et désormais président du Trianon Palace se lamente et se mouche bruyamment.

Discrètement dissimulée, pour qu'on ne la voie pas – on ne parle que de ça, bien sûr – sous des voiles noirs, Coquelicot se tient au fond de l'église Saint-Honoré-d'Eylau. Je la reconnais à ses souliers plats, sa présence me touche et m'intrigue.

Il est vrai que, de toutes mes relations, Marraine était – avec mes parents – la seule à qui j'eusse présenté Coquelicot :

– Bien sûr, ma pauvre chérie ! lui avait-elle dit en lui caressant la joue avant de la serrer dans ses bras sans rien ajouter. *(Puis, d'une voix forte en prenant ma mère et Coquelicot par la main :)* Nous sommes trois anciennes des Oiseaux. Il y a entre nous une indéfectible fidélité. À côté, les trois Mousquetaires sont aussi peu fiables que des députés centristes. Nous n'avons pas besoin de jurer ni d'en dire davantage. Nous savons qui nous sommes les unes pour les autres. C'est à la vie, à la mort, et au-delà de la mort.

Je ne suis pas au bout de mes surprises. N'ayant pas eu d'enfants, Marraine a fait de moi son légataire universel – ce qui est bien aimable –, à condition que j'érige une statue équestre la représentant devant ma maison de Condé-sur-Vesgre. « La statue de Foch place du Trocadéro m'a toujours fait envie, écrit-elle dans son testament. Mon héritier me fera fondre la même. »

Demande que j'ai respectée, bien sûr.

En étudiant le patrimoine de Marraine, je vois que ses amants ont bien garni son portefeuille d'actions et qu'elle-même a pris, assez récemment, des participations dans plusieurs sociétés détenues par Coquelicot. Dont l'Auberge de la Forêt, qui lui appartient à 100 %, d'autres restaurants et hôtels des Yvelines et Hauts-de-Seine dont – à titre symbolique – une boutique du Trianon Palace, ce qui nous donne le droit, à elle comme à moi, d'intervenir dans ce dossier de fausses factures où s'enlisent Benoît Delamare et Isabelle Surgères, tandis que la campagne présidentielle distrait les foules – Chirac peut-il encore battre Balladur ? – et nous ennuie, Coquelicot et moi, lors de nos rendez-vous où nous ne parlons de rien puisque nous nous aimons.

Toutes ces années avec Coquelicot dans la chambre 20 de l'Auberge de la Forêt n'ont formé, en somme, qu'un seul rendez-vous d'amour qui dure depuis plus de vingt ans.

Toutes ces années, je les ai passées au lit avec Coquelicot. Et vous savez quoi ?

J'y retourne.

Non seulement cette femme me donne du bonheur, mais elle écarte le malheur. Lorsque ses parents sont morts et que l'adolescente, recueillie par sa bonne tante d'Étampes, voit s'effondrer la société où elle avait passé sa vie entière, elle ne perd pas son temps à essayer de la rebâtir, elle en construit une autre.

Ses amies se détournent d'elles ? Qu'elles partent ! Les relations de ses parents insultent leur mémoire ? Qu'ils s'encrassent la bouche !

Coquelicot regarde droit devant elle et, pendant que se chamaillent des avocats pour le partage de la fortune familiale, trace sa vie toute seule, entre en lycée professionnel, travaille, devient serveuse, chef de rang, réceptionniste, concierge, hôtesse pour la visite de la reine d'Angleterre, assistante parlementaire et, peu à peu, organise sa vie sans perdre ses forces à vouloir se venger de ceux qui, parce qu'ils lui ont fait du mal, ne pourront se déjuger et continueront de lui en faire.

Coquelicot n'aime pas se créer des poisons. Elle sait qu'elle ne pourra rien faire contre la mauvaise réputation due à la conduite de ses parents.

Elle décide donc que ça lui est égal et affronte en souriant les bonnes personnes respectables et cancanières comme les d'Audignon, Delamare, Bailly, Saint-Preuil, Pouquet and Co. *« Chi offende non perdona mai* », lui répétait sa mère – « Celui qui offense ne pardonne jamais ».

Coquelicot sait que tous ces gens ne lui passeront rien.

Aussi s'est-elle passée d'eux.

7

> Le cheval passa. Les poules le suivirent, remplies d'espoir.
>
> Jean Giraudoux, *Provinciales*

Je n'ai jamais eu, avec ma filleule, les relations de Marraine avec moi. J'envoyais cadeaux et cartes postales, j'ai assisté en rêvassant à sa première communion, à sa confirmation, à sa profession de foi. À part ça, rien.

À peine ai-je vu grandir Max que la voici devant moi, forte de ses vingt ans et de sa passion pour les chevaux et désireuse de monter sa propre affaire.

« Les terres ne sont pas très bonnes ici, dit-elle. Pas suffisantes pour rentabiliser le domaine. Il faut compléter la culture par l'élevage. Papa fait du bovin et de la volaille, bon, très bien. Moi, je veux développer mon activité pour le bien-être des chevaux. C'est mon droit, non ? »

Maxime se redresse, me regarde droit dans les yeux, rougit un peu de s'être montrée agressive, puis se redresse encore.

Depuis vingt ans que j'ai repris le cabinet Blamont-Chauvry, je vois défiler, dans mon bureau, des gens porteurs de projets qu'ils imaginent indispensables à l'ordre du monde. Mon travail consiste à les décourager, c'est-à-dire à leur montrer les difficultés de leur entreprise. Les plus déterminés sautent, contournent ou brisent l'obstacle. Les autres s'arrêtent net.

Je ne vois pas Max s'arrêter. Son dossier est excellent, son enthousiasme fertile car il s'appuie sur une blessure : la femme qu'elle est devenue veut venger la petite cavalière humiliée et les chevaux qu'elle a vus souffrir sans remède. Je ne comprends pas que son père ne l'ait pas serrée dans ses bras pour la féliciter et pour l'encourager. Décidément, Thierry est devenu con. Avoir perdu l'affection de Marraine par sa mort m'a chagriné, perdre un ami de son vivant parce qu'il est devenu médiocre est bien pire.

– Qu'attends-tu de moi, Max ?

Elle gonfle les joues et fait la moue.

– Rien, répond-elle. Si tu veux t'occuper des comptes de ma société, j'en serai ravie. Sinon, j'irai ailleurs. Je n'ai besoin de personne. Et surtout pas de mon père. Ceci dit, reprend-elle après un silence, si ça t'embêtait de prendre le Haras de La Lueur en gestion à cause de lui, je le comprendrais très bien et je ne t'en voudrais pas.

Chère enfant.

– Ça ne m'ennuie pas, Max, bien au contraire. C'est un très beau projet et je suis content que tu aies pensé au vieux cabinet Blamont-Chauvry pour t'accompagner. Nous tâcherons de faire de notre mieux. Seulement, nous n'allons, ni toi, ni ta grand-mère, ni moi, rien dire à tes parents d'ici l'ouverture. Nous leur en ferons la surprise.

La passion de Maxime m'étonne comme m'avait étonné, voici quelques mois, la passion des jardiniers du Potager du Roi taillant les poiriers. Je me surprends même à lui rendre visite à La Lueur. Elle m'épate. Levée depuis cinq heures, passant de box en box saluer ses pensionnaires, distribuant foin et repas, connaissant les chevaux aussi bien que les cavaliers, assurant l'entraînement avec un calme et une autorité qui m'impressionnent.

Ce matin, alors qu'un obstacle du parcours tombe sur le sable de la carrière, Max s'approche du cavalier en difficulté :

– Tu évalues mal la distance, lui dit-elle. Laisse Bobby galoper tranquillement, il a compris, il n'y est pour rien dans la faute, c'est toi. Au lieu de le laisser faire, tu le retiens et tu l'empêches de mesurer la distance… Oui, vas-y… change de jambe… si tu veux qu'il ait l'épaule en dedans, ne le corrige pas au trot… fais un arrêt…

Oui… Ensuite, tu alternes une mesure au trot, une mesure au pas, au trot, au pas… Puis tu galopes gaiement… souple… large… oui, c'est bien. Si tu tiens les rênes trop lâches, Xavier, Bobby se concentre sur les rênes et pas sur l'obstacle, il est perdu, tu vois ? Fais-lui confiance.

Max s'écarte, me rejoint :

– J'adore Bobby, me dit-elle. On n'a pas besoin de l'encourager, il est énergique, calme et il sait prendre des décisions. Il est combatif, toujours de bonne humeur et il aime apprendre. Un excellent cheval. Meilleur que le cavalier ! soit dit entre nous.

Nous nous éloignons un peu de la carrière d'entraînement :

– D'ailleurs ici je veux que tous les chevaux soient de bonne humeur. Nous ne les attachons pas. Nous les laissons libres d'être eux-mêmes et de s'exprimer. Je veux qu'ils soient bien traités. Qu'ils n'aient jamais peur. Si je surprends un palefrenier à rudoyer un animal, je le vire aussitôt.

8

Le courtisan d'autrefois, avec ses cheveux, était libertin. Cela ne sied plus : il porte une perruque, il est dévot. Tout se règle sur la mode.

Jean de La Bruyère, *Caractères*

Tout est mode en France ; cet homme-là y était lors tellement, qu'on ne parlait que de lui.

Duc de Saint-Simon, *Mémoires,* 1702

– Si je surprends un palefrenier à maltraiter un animal, je le mets aussitôt à la porte, scande, du haut de sa tribune, Maxime d'Audignon en regardant bien son auditoire. Si les chevaux nous traitaient comme nous les traitons, nous réviserions alors nos comportements envers eux. Mais ils sont la gentillesse même et nous en abusons. Trop de propriétaires sont des brutes. Ils enferment leurs chevaux, les nourrissent mal, les abandonnent. Ici, les chevaux devenus inutiles sont les bienvenus. Trop d'entre eux sont délaissés parce que blessés ou vieux. Nous les recevons avec reconnaissance et avec amour. Ils ont servi beaucoup, ils ont droit à une vieillesse paisible. Comme tout le monde ici.

Cette dernière phrase où elle n'a mis aucune malice fait sourire çà et là. Nous sommes le mercredi 4 juin 1997. Toutes les huiles de Rambouillet, Houdan, Versailles et cantons avoisinants ont été conviées à l'ouverture du Haras de La Lueur.

La reine du jour, c'est Max. Elle a tout organisé. Il lui aura fallu près de trois ans d'efforts pour vaincre les dernières résistances de ses parents qui, un temps, ont même menacé leur fille d'un procès auquel ils ont renoncé à contrecœur.

Voyant l'engouement de tous, ils ont fini par se rallier. Charlotte d'Audignon a même proposé les salons du château pour la réception. Dans la cour d'honneur a été dressée une tribune de laquelle s'exprime ma gentille filleule.

Coquelicot et moi sommes dans l'assistance. Au dernier rang mais, pour la première fois de notre vie, vingt-cinq ans après notre première rencontre à une heure de là, dans les jardins de Trianon, nous sommes ensemble en public. Par la volonté de Marraine, invisible et présente.

Ayant découvert, grâce à son testament, que nous avions, Coquelicot et moi, des intérêts en commun, nous avons bien dû sortir du lit pour nous en occuper.

Ainsi sommes-nous passés du lit au lit, puis du lit au fauteuil, du lit à la fenêtre, puis à la porte pour nous égayer en ville, ensemble. Ce qui m'a permis de constater que Coquelicot, excellente femme d'affaires, a constitué, en vingt-cinq ans, sinon un empire, du moins quelques belles sociétés de restauration, hôtellerie, agence de voyages et centres de loisirs. De plus, elle a des activités associatives et syndicales qui font d'elle une femme d'influence, ce qu'elle trouve naturel, sa famille ayant toujours été puissante et respectée. Enfin, presque toujours.

Ce fut d'ailleurs grâce à son intervention que le Haras de La Lueur put être créé dans d'aussi bonnes conditions. J'y ai moi-même contribué, soit dit en passant, et nous avons suivi le dossier avec passion, pour l'amour de Max, que j'ai trouvée merveilleuse.

À fréquenter le Haras de La Lueur pour en suivre les travaux m'est apparu un Versailles nouveau : le Versailles giboyeux d'Henri IV, emmenant chasser dès l'âge de six ans le dauphin, son fils Louis.

J'aime que Louis XIII y ait fait construire deux fois un pavillon de chasse où il se reposait des bruits de la

Cour et retrouvait le souvenir de ce père qu'il idolâtrait et qui lui fut enlevé lorsqu'il avait neuf ans.

J'aime que Louis XIV se soit adossé au petit château de son père pour construire ce gigantesque palais où il a domestiqué la remuante et insupportable noblesse française et fait rayonner le pays dans le monde entier, chaque monarque voulant son Versailles.

J'aime encore que le peuple de Paris soit venu, un siècle plus tard, y chercher son roi pour le ramener dans une ville qu'il n'aurait jamais dû quitter.

Si Louis XIV était resté au Louvre, en serions-nous là ?

Néanmoins, à vivre tous les jours à proximité du piège tendu par le roi à la noblesse de France, je me suis senti en fuite. Déserteur. La proximité de la prison m'a donné un sens aigu de la liberté. J'ai vu tout de suite où ne pas aller. La noblesse française d'aujourd'hui sort de Polytechnique ou de l'ÉNA. Elle est aussi insupportable que celle de l'Ancien Régime et, grâce à Marraine et, surtout, grâce à Coquelicot, je l'ai quittée à temps pour être heureux toute ma vie.

Je vois tous ces amis autour de moi, pour cette inauguration d'un endroit qu'ils ont combattu de toutes leurs forces. Les d'Audignon, Isabelle Surgères, Benoît Delamare, Maxime Pouquet et les autres. Ils sont encore ministres pour un jour ou deux. Ils se pavanent, mais leur tête furieuse fait plaisir à voir. Après la dissolution de l'Assemblée nationale, le président de la

République Jacques Chirac vient de perdre les élections législatives. Toute la France s'amuse de l'avoir vu se prendre les pieds dans le tapis. Voici Juppé le mirliflore à terre, ses ministres atterrés, le lugubre Jospin entrant à Matignon, quelle plaisante farce ! Cette blague vaut ce qu'en valent les personnages, et Saint-Simon n'aurait consacré qu'un paragraphe, pas plus, à cette mésaventure qui nous fait passer d'exquis moments de rigolade. À moi, du moins.

Ce pauvre Chirac !

Qui a vécu par la combine périra par la combine. Voici ses ministres sortis de leurs voitures de fonction pour s'avancer vers la tribune officielle. Ce sont néanmoins les puissants du jour, ils se comportent comme s'ils devaient rester cent ans au pouvoir, me saluent de loin sans faire un détour pour me serrer la main : je ne suis pas important pour eux.

Et je suis en mauvaise compagnie : ils frissonnent d'apercevoir Coquelicot à mon bras.

J'ai pourtant, ces derniers mois, été pour eux une sorte de compagnon de route. Je les ai aidés à se tirer d'affaire lors du scandale des fausses factures du Trianon Palace.

Mon intervention, toute technique qu'elle ait pu être, les a sortis, tous, du tribunal et m'a placé sous les feux de la rampe. On se souvint alors du mari d'Isabelle Surgères. On parla de moi dans les gazettes, on me reçut à la radio, à la télé, une fois, deux fois, dix fois. On me demandait mon avis sur les problèmes en cours, je le donnais, n'étais-je pas un expert ? J'écrivis une, deux, dix tribunes, puis un traité dont le sérieux échappa aux journalistes spécialisés, mais intéressa quelques politiques.

En somme, je devins le fin du fin : un homme à la mode, ce qui m'amusa avant de m'assommer, et j'attendais le grand entracte de l'été pour quitter l'estrade où je m'étais aventuré, mal accueilli par mes anciens amis auxquels je faisais, bien malgré moi, de l'ombre, et que je retrouvais çà et là dans les salles de maquillage avant d'aller porter la bonne parole sur tous les plateaux de télévision.

Tous, ou presque : l'ancien écrivain au pomerol de Marraine, devenu débiteur de fiches en seconde partie de soirée, refusa publiquement de m'inviter dans son émission ; son hostilité me fit de la réclame.

Je dois pourtant reconnaître ceci : pendant que, poudré comme un cabotin, je roucoulais à expliquer à des gens qui ne m'écoutaient pas comment sauver la France, Coquelicot me boudait un peu. Elle n'aimait pas me voir en beau parleur de studio.

– Serais-tu comme les autres ? me dit-elle un jour. Jamais ils ne t'accepteront vraiment, Amblard, ne les singe pas, sois toi-même.

Coquelicot était plus dure que moi envers mes amis qui, depuis qu'ils avaient accepté d'entrer dans la carrière, s'étaient momifiés à ses yeux. C'est elle qui avait quitté Thierry d'Audignon autrefois lorsque, s'étant marié à Charlotte, elle l'avait en quinze jours vu devenir banal, pesant, nerveux et peureux. D'homme, il était devenu mari, elle s'était alors enfuie, il s'en était vengé par des ragots, comme son père l'avait fait dix ans plus tôt sur la mère de Coquelicot.

Sa remarque me fit monter le rouge au front et me rappela cette phrase qu'écrivit Bussy-Rabutin à sa cousine Sévigné : « Je sers contre mon Roi un prince qui ne m'aime pas. »

Mon Roi, c'est Coquelicot, c'est-à-dire tout ce que j'aime, tout ce à quoi je crois, vers quoi je tends, tout ce qui me rend meilleur et digne de vivre ; le prince, c'est eux, mes amis d'autrefois, mes congénères, mon (quel mot affreux !) réseau : Isabelle Surgères, les d'Audignon, les Pouquet, Benoît Delamare et tous les puissants qui ne me tolèrent que si je les sers en restant à ma place.

Mais peu importe, plus j'ai avancé en âge, moins je me suis senti à mon aise avec eux. Depuis longtemps, je n'ai plus rien à leur dire, ce qu'ils me disent ne m'intéresse pas. Ils se considèrent comme l'élite du pays et ne se passionnent vraiment que pour l'esprit de corps, l'éparpillement, l'accumulation des avantages et des privilèges. Leur intelligence accentue leurs défauts. Aptes à comprendre, surtout aptes à prendre. Tout leur est dû. Fascinés d'eux-mêmes, engagés dans cette course aux honneurs, à laquelle j'ai renoncé, ils se mesurent depuis leur jeunesse.

Isabelle Surgères, toute ministre qu'elle soit, n'a jamais été sincère. Ses convictions, nées du hasard de sa naissance, ont varié selon les circonstances du prochain but à atteindre. Elle s'est engagée dans une telle lutte qu'elle n'a jamais eu de temps ni d'énergie pour les sentiments simples comme l'amour ou l'amitié.

Benoît Delamare a perdu de sa superbe à la perspective de devoir quitter son ministère. Il me hait parce que je l'ai sauvé. Ayant, grâce à moi, bénéficié, comme l'ancien ministre de Marraine et tous les entrepreneurs soupçonnés, d'une relaxe totale dans l'affaire d'abus de biens sociaux du Trianon Palace, il a pu se raccrocher aux branches et devenir ministre à son tour. Courtes ivresses, le voici à la ramasse. L'ancien socialiste, devenu chiraquien par opportunisme, se fait chasser par ses vieux amis, quelle merveille !

À le voir, tout à l'heure, avant les discours, chalouper parmi les invités dans les salons de La Lueur, entre les petites tables rondes damassées de blanc, les chaises Louis XV et les dames également Louis XV, je ne peux m'empêcher de rire. Quel balourd ! Maladroit, rougissant, inquiet, les yeux en essuie-glaces pour vérifier qu'il n'a pas d'ennemis dans la place, il est malheureux de se sentir ridicule. Ce qui le rend touchant.

Je lui cours après pour le saluer :

– Voyons, Benoît, remettez-vous, on dirait un collégien au Crazy Horse. Ou un diable dans un bénitier. Ou un écrivain dans une librairie. Voulez-vous une langue de chat ? Une feuille d'amour ? Les pâtisseries viennent de chez Firmin, vous savez. Un thé au lait ? Un sorbet à la mangue ? Un boudoir ?

Il a un sourire en zigzag.

– Toujours à vous moquer, Amblard. Voyez-vous, ça n'est vraiment pas le moment. Surtout aujourd'hui.

– Je ne me moque pas, je suis heureux.

– Heureux ? Je n'aurais pas cru ça de vous.

– Comment ? Ce qui arrive à Max est merveilleux. Et le Haras de La Lueur est une magnifique entreprise. Qu'elle ait réussi à la monter à seulement vingt-trois ans, moi, que voulez-vous, ça me rend heureux.

Il hausse les épaules :

– Oui, bien sûr, mais je ne parlais pas de ça. Les socialo-communistes reviennent au pouvoir, vous le savez. Jospin à Matignon, et ce gouvernement qu'on doit annoncer d'une minute à l'autre !

– Vous attendez un coup de fil ?

– Et pourquoi non ? J'ai fait du bon travail rue de Grenelle, vous savez ?

– Non, je ne sais pas. Pour être franc, l'actualité m'assomme. Et puis, pour être tranquille rue de Grenelle, il suffit de laisser faire les syndicats, non ? Ou l'administration, ce qui est la même chose. Jospin, vous dites ? N'était-il pas votre ami, autrefois, lorsque vous étiez socialiste ?

Il hausse les épaules :

– Décidément, vous ne prenez rien au sérieux.

– Je ne prends rien au sérieux parce que tout est toujours arrivé. *Nihil novi sub sole*, mon vieux Delamare. Né sans passion, je vis sans douleur.

– Parce que vous êtes un héritier, un privilégié.

– Non, parce que je suis né sous une bonne étoile.

Il hausse encore les épaules. Il est très fort dans le haussement d'épaules.

– Foutaises. Je ne crois pas à ces sornettes.

– Vous avez tort. Être né sous une bonne étoile, c'est voir ce qu'on n'a pas choisi devenir meilleur que ce qu'on a choisi.

– Et vos relations, vous les choisissez ou pas ?

Dans le mouvement de menton qu'il a vers Coquelicot, je peux lire tout le mépris du monde. Au coup de poing que je me retiens de lui envoyer dans la gueule – je ne peux pas faire ça à Max aujourd'hui –, je comprends que mon amour pour elle est plus fort que jamais, ce qui m'enflamme de bonheur.

– Vous êtes à plaindre, Delamare. Et je vous emmerde, lui dis-je en le quittant pour rejoindre, avec la femme que je préfère, le dernier rang des invités, pour écouter la fin du discours de Max.

– Je terminerai en remerciant tous ceux sans lesquels le Haras de La Lueur n'aurait pas vu le jour. Mes parents, d'abord, Thierry et Charlotte d'Audignon. En s'y opposant par tous les moyens, ils m'ont persuadée que ce projet était ce que je voulais faire de ma vie. Ils m'ont ainsi donné la force de leur résister et de me dépasser. Ils ont dressé devant moi des obstacles pour m'obliger à les sauter. Ma grand-mère, la comtesse Maurice d'Audignon, qui nous héberge sur des terres qu'elle a reçues de mon grand-père. Mon parrain, enfin, Amblard Blamont-Chauvry, dont les conseils ont toujours été précieux. Merci à tous.

Vifs applaudissements et bravos à gauche et au centre gauche, mouvements à droite et têtes baissées de Thierry et Charlotte d'Audignon, qui se prennent la main.

C'est alors que le maître d'hôtel du pâtissier Firmin monte à la tribune et murmure à l'oreille de Max, qui ouvre de grands yeux et se met la main devant la bouche, comme pour s'empêcher de crier.

Pendant ce temps, deux gardes républicains, issus du 76e régiment d'infanterie – je reconnais leur insigne –, s'approchent de Coquelicot et de moi et nous tapent sur l'épaule.

Puis, Max déplie un papier, reprend le micro et, avec la voix éclatante d'une animatrice donnant les résultats d'une tombola, annonce que, d'après cette dépêche de l'AFP qu'on vient de lui apporter – et que les gardes républicains nous mettent sous les yeux, « si vous le permettez, *Fortiter resistendo* », me glisse l'un d'eux à l'oreille –, la composition du gouvernement de Lionel Jospin vient d'être annoncée.

– Le nouveau ministre des Comptes publics et de la Simplification de l'État, s'écrie Max, se nomme… Amblard Blamont-Chauvry.

Après quoi, comme une jeune fille de bonne famille, elle s'évanouit, non sans grâce.

DU MÊME AUTEUR

Aux Éditions Albin Michel

LE GOUVERNEUR DISTRAIT, 1989

CHÂTEAU BOUGON, prix Roger-Nimier, 1991

VOYAGE À L'OUEST, *Dix étapes en Loire-Atlantique* (en collaboration), 1991

LE BON TABAC, *traité sur les bienfaits du tabac*, 1996

LE GRAND CHARLES, *portrait discographique de Charles Trenet*, 1998

LES ENFANTS OBSTINÉS :

1. DES FILLES QUI DANSENT, prix Bretagne 2008

2. DES GARÇONS QUI TREMBLENT, prix Ève-Delacroix, Académie française 2009 et Grand Prix d'honneur de la ville de La Baule

LES AUTOS TAMPONNEUSES, 2011

LE MÉCHANT PRINCE ET AUTRES HISTOIRES SANS MORALE, 2014

UN ENFANT PLEIN D'ANGOISSE ET TRÈS SAGE, prix Jean-Freustié 2016, prix Patrick-Poivre-d'Arvor-Vins de Saumur 2017

Chez d'autres éditeurs

PAYS DE LA LOIRE, album, Romain Pages, 1994

FÉLICIEN MARCEAU, Le Rocher, 1994

GAILLOT L'IMPOSTEUR, *ou La Mitre Molle*, Le Rocher, 1995

LA DROITE HONTEUSE, *petit tableau des mœurs politiques françaises à la fin du XXe siècle*, Le Rocher, 1997

JOURNAL D'UN CRÉTIN, prix Louis-Barthou, Académie française 2000, Le Rocher

LA GLOIRE DES CACHALOTS, Le Rocher, 2001

LE GROS NUL, *autoportrait*, Le Rocher, 2002

Composition : IGS-CP
Impression : CPI Bussière en juin 2018
Éditions Albin Michel
22, rue Huyghens, 75014 Paris
www.albin-michel.fr
ISBN : 978-2-226-43733-4
N° d'édition : 23163/01 – N° d'impression : 2034996
Dépôt légal : août 2018
Imprimé en France